바닷속을 헤엄치는 청춘에게

바닷속을 헤엄치는 청춘에게

삶에 숨어든 낭만을 기필코 찾아내려는 젊음의 고백록

초 판 1쇄 2025년 05월 20일

지은이 김지민
펴낸이 류종렬

펴낸곳 미다스북스
본부장 임종익
편집장 이다경, 김가영
디자인 임인영, 윤가희
책임진행 이예나, 김요섭, 안채원, 김은진, 장민주

등록 2001년 3월 21일 제2001-000040호
주소 서울시 마포구 양화로 133 서교타워 711호
전화 02) 322-7802~3
팩스 02) 6007-1845
블로그 http://blog.naver.com/midasbooks
전자주소 midasbooks@hanmail.net
페이스북 https://www.facebook.com/midasbooks425
인스타그램 https://www.instagram.com/midasbooks

ISBN 979-11-7355-234-2 03810

값 **19,000원**

미다스북스는 다음세대에게 필요한 지혜와 교양을 생각합니다.

삶에 숨어든 낭만을 기필코 찾아내려는 젊음의 고백록

바닷속을 헤엄치는
청춘에게

김지민 지음

미디어숲

시린 바람이 몸을 스치던 어느 겨울날, 청춘의 글을 적어
내고 소리치겠다고 다짐했습니다. 그렇게 시작한 여정은 길
고 긴 항해를 거쳐서 작은 항구에 닿게 되었습니다. 힘들다
면 힘든 시간이었고 지독한 외로움과의 사투였습니다. 푸를
청(靑), 봄 춘(春). '새싹이 파랗게 돋아나는 봄철'이라는 뜻을
지녔으나 저의 청춘에는 푸른 색감보다는 다소 어두운 물감
이 가득한 듯 보였습니다. 팔레트 위에는 다양한 물감이 놓
여 있었지만 그를 칠하는 붓에는 이미 색이 한데 섞여, 칠하
면 칠할수록 검은 물감만이 도화지를 채울 뿐이었죠.

이 책에는 그 시간을 버텨내고 견뎌내며, 또 도망쳤던 치

부의 기억이 담겨 있습니다. 마음속의 깊은 바다에 묻어두었던 기억을 꺼내와 한 자씩 담았으며 돌아보지 않기로 한 사랑을 꺼내왔습니다. 다시는 사랑하고 싶지 않다고 연신 다짐했는데 산란을 마친 연어가 고향으로 돌아가듯 저의 언어도 귀소 본능을 지닌 연어처럼 기필코 사랑을 향해 돌아가려 했습니다. 어쩌면 저는 사랑하고 싶지 않은 사람이 아니라 누군가 사랑해주길 바라왔던 사람이 아니었을까요.

저와 마찬가지로 생명이 없는 땅에서 불안정한 호흡을 하며 살아가는 청춘이 많다고 느낍니다. 꿈과 사랑, 그리고 현실 사이에서 끝이 나지 않는 고민을 일삼으며 하루를 버텨내는 이들에게 한 청춘이 편지를 전합니다. 그리고 언젠가는 생명이 가득한 땅 위에서 웃으며 함께 할 시간이 도래하길 바랍니다.

글을 쓸 수 있게 도와주신 고마운 분들이 생각납니다. 홀로 춤을 추고 글을 쓰며 고독 속에 숨어 있던 어느 날, 저의 개인전시에 한 손님이 찾아오셨습니다. 그리고 제 시와 사진을 유심히 보시곤 명함 한 장을 건네주셨고 제 손을 잡아 주셨습니다. 그분이 제게 해주신 온기 가득한 언어 덕분에 이 책의 첫 시작을 용기로 채울 수 있었습니다. 국립무용단 예술감독 김종덕 감독님께 무한한 감사를. 그리고 이 책을 머나먼 항해로 이어주신 미다스북스 출판사에 무한한 감사를.

작가의 말 4

프롤로그 10

1장

화조월석
花朝月夕

아직 전하지 못한 어린 고백

열다섯 살에 내지 못했던 용기 17

사생결단 26

How can I love 34

취미를 두르는 일 38

일탈은 선택과 집중으로부터 46

이름 모를 작은 천사에게 55

청춘의 미학 63

2장

수구초심

首丘初心

표류하면 언제나 뒤를 돌아보게 돼

때론 그저 낭만을 좇아 73

말은 달콤하게, 퇴근길은 아름답게 83

낭만을 마시는 겁니다 90

버틸 수 있다는 것은 97

내 인생 가장 찬란했던 춤사위 104

암스테르담 숙소 정복기 114

설렘을 찾고 싶은 날 124

아빠의 꿈 130

3장

낙화유수

落花流水

그리운 사람, 쓰게 한 사랑

나를 말하는 방법 137

섭씨 35.5℃ 140

섭씨 37.5℃ 145

See you again 152

사랑에 마침표를 찍으며 158

4장

장풍파랑

長風波浪

부서지는 파도를 타고 낭만의 항해를

런던기   165

Korean Man In London   169

지갑은 가볍게, 머리는 무겁게   177

고난의 연속이 여행이더라   183

항해를 꿈꾸며   190

짧은 도피의 끝에서   198

우연히 얻은 작업실   203

낭만이라는 것은   208

에필로그   212

아득한 수평선 너머로 붉고 자그마한 공이 멀어지며 수려한 자태를 뽐내던 아크릴 물감도 반사할 빛을 잃어 자취를 감춰갔다. 밀려오는 물감은 아무런 흔적을 지우지 못한 채 온기가 담긴 자국만을 기다린다. 모래에 체중이 실려 생긴 사람의 발자국이나 하늘을 날다 호흡을 가다듬으러 앉았던 새의 흔적을 찾으려 했지만, 색을 잃은 푸른 물감은 이미 자신이 훑었던 축축한 모래만을 다시금 훑을 뿐이었다. 덜어낼 수도, 지울 필요도 없이 이미 외로운 땅은 남은 모래마저 물감에 빼앗긴다.

때로는 내가 무인도에 있다고 느낀다. 많은 사람을 보아도 그들은 나를 보지 못한다고 느낀다. 어느 순간부터 타인의 웃음이 싫었다. 술집에 앉아 술을 넘기며 주변을 둘러보면 많은 웃음이 반사되어 나의 눈으로 빛이 전달된다. 수 개의 웃음이 뇌로 전달되면 그들의 행복이 느껴지며 난 다시 무인도에 있음을 느낀다. 그들은 내 얼굴을 보았을까. 내 표정이 그들에게 비칠까. 그들의 웃음 속에는 내 표정을 읽은 정서가 가미되었던 걸까. 입에 술을 머금었지만, 미각에 신경을 집중하지 못하며 저작 운동에 쓰이는 신경을 제외하고는 오로지 시각에 모든 피가 쏠린다. 눈으로 표정을 마시고 머리로 알코올을 흡수했다.

하나 찾았다. 무인도에 있다고 느끼는 게 아니라 무인도가 내 안에 있다. 나는 언젠가부터 무인도를 느낀다.

고독을 자처할 때가 있었다. 타성을 피해, 머무르지 않기 위해 타인에게 벗어나 찾는 고독은 무인도지만 동시에 오아시스였다. 나무가 내리는 그늘에 몸을 맡겨 호흡을 정리하고 야자수에 매달린 코코넛을 깨 먹으며 고독을 즐겼다. 고독이 가진 힘이 긍정과 부정 중 어느 하나로 전환될 때, 그 조건의

충족 요건은 바로 벗어나지 않으려 하는 마음이다. 고독은 때로 쉬어가는 바람이 불어오는 환기로 느낄 수 있지만 외로움은 긍정과 거리가 멀다. 굳이 벗어나지 않으려 한다면 그 고독은 오아시스가 되어주지만 외로움으로 인식해 내가 속한 고독을 벗어나려 몸부림친다면, 대양 가운데 있는 무인도에 조난된 감정을 느낀다.

낙하다. 막막한 듯 보이는 대양 앞에 선 이가 가져야 할 하나의 단어는 바로 낙하다. 수평적인 낙하가 필요하다. 높은 하늘에서 수직선을 타고 떨어지는 추락이 아닌, 수평선을 타고 흐르는 듯한 낙하를 해야만 한다. 몸을 내던져 머나먼 수평선의 끝에 시선을 고정하고 바람을 탄다. 목적지가 없는 낙하는 불안정하지만, 동시에 자유롭다. 붉은 공을 향해 날아가지만 가까워지는지 멀어지는지 가늠할 수조차 없다. 그저 낙하하는 거다. 파도에 휩쓸려 치우쳐도 자그마한 붉은 공을 바라보며 다시 날아보는 거다. 언젠가 수평선의 끝에 도달해 붉은빛과 가까워지는 날이 온다면, 상처 입은 껍데기를 벗어두고 성숙의 시간을 맞이할 차례다.

홀로 무인도에 있다고만 느끼는 청춘이 많다고 생각한다. 외로움에 몸부림치고, 막막한 벽에 좌절하고, 빛나는 이들을 그저 동경하며 거울 속 자신에게 한탄만 하는 그런 청춘 말이다. 하나, 우리가 현재 있는 무인도는 수평적인 낙하를 하기 위해 잠시 머무르는 일종의 쉼터라고 생각하면 어떨까. 좌절하지 않은 사람이 낙하할 수 있을까. 외로움에 뒤척이다가 잠 한숨 자지 못해본 이가 낙하할 수 있을까. 몸을 내던져 끝없는 낙하를 하는 기회는 그러한 청춘에게 오게 될 것이다.

자신을 포기하듯 몸을 던지는 추락은 공기의 저항이 너무 거세 제자리로 돌아온다. 한곳에 시선을 두고 바람을 느끼며 구름이 개는 순간을 기다리다가 최적의 햇빛이 나를 맞이하는 날, 모든 잡념을 버리고 낙하해야 할 순간이 온 것이다.

머나먼 수평선을 향해 날아가다 보면 어느 한적한 마을에 도착할 것만 같다. 왠지 그곳에는 내가 사랑할 것들로 가득할 것만 같다.

1장

화조월석

花朝月夕

꽃피는 아침과 달 밝은 저녁. 좋은 계절을 이르는 말.

아직 전하지 못한
어린 고백

열다섯 살에 내지 못했던 용기

시간을 조금만 돌이켜 보면, 우리의 지금은 아주 작은 선택의 연속으로 이루어졌다는 사실을 쉽게 알 수 있다. 당장 어제도 내가 누구를 만나 밥을 먹을지, 어떤 카페에 들어갈지, 어떤 술을 마실지 선택했듯이 말이다. 누군가를 사랑할 때도 우리는 선택의 갈래에 놓인다. 그녀에게 향한 나의 진심 어린 첫사랑을 용기 내어 고백할지, 아니면 치솟는 부끄러움과 내 사랑이 거절당할 수 있다는 두려움에 사랑을 전하지 못할지.

이십 대의 중반을 지나는 지금의 나는 모난 구석이 참 많다. 남의 말은 듣지 않으려 하고 세상을 비관적으로 바라보며, 또 내 예술은 누구보다 이상적인 사회를 만드는 작품이라 믿는다. 꽉 막힌 채로 이상 사회를 만들기 위해 비판적 사고로 세상을 바라보는 괴짜라는 말이 잘 어울리는 사람이다. 이렇게 된 나도 크고 작은 아주 많은 선택을 통해 나라는 사람이 되었고, 그렇게 이 책을 적고 있다.

내 인생에 가장 찬란했던 시절을 말해보자면 난 당당히 나의 십 대를 말한다. 그중에서도 난 나를 변하게 한 첫 번째 사랑이 있었던, 열다섯 살의 '김지민'을 담으려고 한다. 우리가 하는 많은 선택 중 가장 크게 나를 변화시키는 것은 누가 뭐래도 사랑이라 믿는다. 적어도 나에겐 그렇다.

어린 나를 돌아보면, 난 책, 도서관 같은 단어랑은 전혀 어울리지 않는 사람이었다. 겉으로는 초등 1학년부터 중등 3학년까지 학급회장을 거의 일 년도 빼놓지 않는 총명한 학생으로 보였지만, 실상은 그저 관심받기 좋아하고 운동을 잘했던 활발한 학생일 뿐이었다. 학우들이 좋아해 주었던 나의 이미지는 명백히 꾸며 만들어낸 메소드 연기(method acting)다. 나의 작은 선택으로 만들어진 내 이미지를 지키기 위해서 공부를 했고 쉬는 시간마다 남자애들과 어울려 축구를 하기보단, 가방에서 책을 꺼내 들어 읽었다. 물론 읽는 척을 한 것이다.

그렇게 지내던 어느 날, 친한 친구 한 놈이 도서관에 책을 반납해야 한다며 나를 끌고 학교 도서관으로 향했다. 친구가 책을 반납하는 동안 난 도서관을 이리저리 둘러보며 열심히 책을 구경하는 척을 했다. 책을 꺼내도 보고, 멋들어지게 펼쳐도 보았고, 위치가 잘못된 책을 발견하면 배열에 맞게 제자리에 꽂아두며 '이놈아, 빨리 반납해라. 나가고 싶다.'라며 속으로 중얼거렸다. 아마도 그때일 거다. 책 배열을 맞추러 건너편 책장으로 가던 중 그 애를 보았다. 어깨에 닿을 듯하면서 닿지 않는 단발머리에 핀을 꽂고선, 한쪽 귀 뒤로 머리를 넘기고 책을 정리하고 있었던 그 애가 단번에 내 시선을 빼앗았다. 난 친구의 부름에 아무렇지 않은 척 도서관을 나섰지만, 그날 내 머리엔 온통 그 애 생각뿐이었다. 이름이 무엇인지, 몇 반인지, 남자친구가 있는지 등 말이다. 학년은 체육복에 있는 줄무늬 색을 보고 알 수 있었다. 나보다 한 살

적은 1학년이다.

수소문을 통해 알게 된 정보는 그 애의 이름, 그리고 중학교에 입학하자마자 도서부에 가입했다는 것이다. 난 곧바로 다음 날 사서 선생님께 달려가 말했다.

"저 도서부 들어가고 싶습니다. 진짜 열심히 할게요."

사서 선생님은 내 머릿속을 꿰뚫어 보듯이 대답했다.

"도서부에 좋아하는 애가 있지?"

난 거짓말을 할 겨를도 없이 그렇다고 끄덕였다. 내 들뜬 표정과 가쁜 들숨 날숨이 누가 보아도 사랑에 빠진 남정네 같아 보였나 싶다.

사서 선생님은 마지못한 표정으로 날 받아주었고 매일 점심시간에 도서관으로 오라는 말을 전했다.

난 날아갈 듯 기쁜 표정을 애서 억누르며 고개를 숙이고 재빠르게 반으로 돌아왔다. 곧 다가올 점심시간이 너무나 기다려졌던 날이다. 4교시를 마치는 종소리가 울렸다. 난 급식실을 쳐다도 보지 않고 곧장 도서관으로 뛰어갔다. 계단을 세 칸씩 뛰어올라 도착한 도서관에는 영화의 한 장면 같은 상황이 나를 맞이했다. 문을 여니 텅 빈 도서관 안, 테이블 위에 앉아서 책을 읽던 그 애가 나를 바라보고 있었다.

우린 서로 수줍게 인사를 나눴다. 궁금한 게 너무도 많았지만 근질거리는 입을 닮으며 말수를 줄였고 내가 새로운 도서부원이라는 것을 알고 있었던 그 애는 내게 이런저런 설명을 해주었다. 나중에 알고 보니 사서 선생님께서 미리 그 애에게 점심시간에 2학년 선배가 올 테니 설명을 해주라고 부탁받았다 하더라.

우리는 20분 정도 남짓한 점심시간에 급식을 먹으러 갔고 다양한 이야기를 나누었다. 그 애는 책을 정말 사랑한다는 것. 책을 읽는 사람을 좋아한다는 것. 시간이 날 때면 종종 서점에 간다는 것. 책을 향한 그 애의 사랑이 유별나다는 것을 밥을 먹는 내내 느낄 수 있었다.

난 그 애와 가까워지고 싶은 마음에 내 취미도 독서라고 거짓말을 했다. 그 순간 반짝이는 그 애의 두 눈을 보니 '아, 실수했다.'라는 말이 머릿속을 휘감고 지나갔다. 내 화려하고 분잡한 말재주로 그 애의 질문을 회피했고 나는 그날 저녁 곧바로 서점에 들렀다. 내가 내 의지로 처음 가보았던 서점이었다. 엄마의 명령으로 참고서나 문제집을 사는 일이 아니면 서점에 갈 일이 전혀 없는 나로서는 어색한 기분이었다. 뭐랄까 종이 냄새와 방향제 향기가 적절히 섞인 꿉꿉한 냄새에, 조용하고 한적해 내가 평소에 느껴보지 못했던 기운이 날 환기했다. 돈이 부족해 책을 구매할 수 없었던 나는 구석에 자리를 잡아 소설책 한 권을 모조리 읽고 집에 돌아갔다. 내일 그 애에게 내가 읽은 책에 대해 최대한 유식한 척 말해줄 생각에 설렜던 오후였다.

나에게 책은 그렇게 다가왔다. 그 애로 인해 도서관을 다녔으며 독서라는 취미가 생겼고, 하교 후에는 그 애와 종종 서점에 들렀다. 매일 점심시간에는 남자애들과 축구를 하는 것 대신, 도서관에 들어가 책을 정리하며 학우들에게 재밌는 책을 추천해줬고 그 애와 많은 이야기를 나누며 가득 채울 수 있었던 뜻깊은 가을을 보냈다. 여담으로 원래 방송부원 아나운서였던 필자는 도서부가 된 후로 방송실 근처에도 가

1장 화조월석 花朝月夕

지 않았다. 난 그 애에게 결국 졸업 때까지 내가 도서부에 들어온 이유와 내가 책을 읽기 시작한 이유에 대해 전하지 못했다. 물론 내 사랑도 전하지 못했다. 15세의 필자에겐 사랑 따위를 말할 용기는 없었던 듯싶다. 아직도 책을 읽는 어느 날에는, 머리에 핀을 꽂고선 책을 읽고 있는 그 애의 모습이 간혹 떠오르곤 한다.

　　무용수로서 무대에 오르고 학생들을 가르치며 살아오다 어느덧 글을 적고 있는 나를 볼 수 있었다. 무대에 서고 싶지 않다고 느낄 때면, 책을 읽고 글을 쓰며 도망치지 않을 수만 가지의 핑계를 떠올렸다. 그렇게 읽고 쓰다 보니 이 책을 적게 되었다. 열다섯에 내지 못한 용기가 이제야 내 등에 손을 얹어주나 보다. 그녀의 소식도 연락처도 모르지만, 이 책이 용기를 내어 그녀에게 닿길 바라는 아주 작은 마음이다.

시간은 기필코 흐르고야 만다.
때로는 이 당연한 사실이 너무나 익숙해져
결국 후회라는 결말을 가져온다.

사생결단

최근 현대인들이 겪고 있는 문제 중에 다이어트에 대한 고충은 남녀노소를 빼놓지 않고 거론된다. 먹을 것이 없고 먹을 걸 살 돈이 없던 과거에는 흡수한 음식물을 최대한 많이 지방으로 저장할 수 있는 체질이 좋은 체질이라 말할 수 있었다. 하지만 요즘에는 당연지사 그 반대의 체질을 모두가 부러워한다. 어떤 이들은 건강에 문제가 있어 보일 정도로 마른 체형을 선호하며, 또 어떤 이들은 그러한 체질을 얻기 위해서 섭취한 음식물의 영양소가 지방으로 전환되는 것을 줄여주는 다이어트 보조 식품을 섭취하기도 한다. 무용학과의 입시를 몸으로 직접 겪었고 여전히 학생들의 무용 입시를 진행하는 나는 다이어트와 때고 싶어도 뗄 수 없는 애증의

관계로 자리 잡았다. 물론 증오가 더 큰 편이다.

무용학과에서 남성은 여성보다는 비교적 다이어트에서 우위를 점할 수 있다. 상대적으로 키가 크고 근육량이 많은 남성은 기초대사량이 비교적 높아 같은 강도의 운동을 하더라도 지방의 연소가 많이 이루어진다. 감량의 방식에 정답은 없다지만, 좋지 않은 방법은 있다. 바로 음식을 섭취하지 않는 것. 이것은 감량 후에 오히려 쉽게 살이 찌는 체질이 될 수 있는 최악의 다이어트 방식이다. 살이 쉽게 찌지 않고 건강한 체질을 만드는 가장 쉬운 방법은 기초대사량을 높이는 것이다.

기초대사량이란, 우리의 신체가 호흡하거나 뇌를 사용해 생각하고 음식물을 소화하는 등 자연 적으로 소모되는 에너지의 양을 뜻한다. 기초대사량이 높다면 소모되는 에너지의 총량이 많기에 섭취하는 에너지의 양을 조절하면 살이 빠지게 된다. 이 재미없고 과학 수업 같은 이야기의 종점을 말하자면, 결국 근육의 양이 많아야 한다는 것이다. 근력 운동을 꾸준히 하는 신체는 섭취한 에너지의 상당 부분을 손상된 근세포를 채우며 근 성장을 하는 곳에 쓰기에 살이 쉽게 찌지 않고 건강한 몸을 유지할 수 있다. 따라서 건강한 감량법은 나의 기초대사량에 맞추어 음식량을 섭취하며, 신체의 근육량을 늘리는 것이 살이 쉽게 찌지 않는 건강한 신체를 만드는 방법이다.

남성인 나는 학창 시절 여학생들의 다이어트를 옆에서 지켜보며, 말 그대로 개고생이란 말을 자주 떠올리고는 했다. 하루 동안 사과 한 개, 닭가슴살 하나, 토마토와 양상추 조금. 이 유아식보다 적은 양의 음식을 먹으며 10시간이 넘는 무용 수업을 진행하는 것은, 영양학적으로도, 정신적으로도 문제가 많은 정신이 제대로 나간 행위다. 여담으로 예고 시절 내 친구 중 세 명은 영양소 불균형으로 인해 3년간 생리를 못 하였다.

하지만 그들이 몰라서 이러한 끔찍한 식단을 자처하는 게 아니다. 본인이 가진 기초대사량과 운동만으로는 이 이상 뺄 수 없을 만큼 이미 감량되어, 이 극단적인 식단을 감행한다는 것이다. 조금 바꾸어 말하자면 이렇게 건강을 포기하며 살을 빼야만 대학에 진학할 수 있는 예체능계의 시스템에 아주 문제가 크다는 뜻이라 말하고 싶다. 윗사람들이 이 글을 볼 가능성은 매우 적다고 판단돼 한마디만 더 한다.

'이렇게 할 거면 모델학과라고 부르지 왜 무용학과라고 지었나, 춤 잘 추는 애가 아니라 예쁜 애 뽑을 거라면, 왜 죽도록 연습을 하나.'

하고 싶은 말이 너무나 많지만, 난장판이 될 것 같아 여기까지만 마음의 소리를 내뱉어야겠다.

본론으로 돌아가자면, 그 정도로 다이어트가 어렵다는 얘기다. 방법을 알아도 이를 시행하기에는 맛있는 음식이 너무나 많다. 많이들 하는 말 아닌가. '세상에 이렇게 맛있는 게 많은데 어떻게 살을 빼.' 물론 나도 자주 하는 말이다.

지극히 맞는 말이다. 맛있는 게 너무도 많다. 학생들이 내게 다이어트가 힘들다고 말할 땐 가슴이 미어진다. 성장기에 접어든 아이들이 콩쿠르나 입시를 위해 먹지를 못한다는 것은 꽤 마음이 아픈 일이다. 아이들을 설득하며 감량을 시키는 내가, 이 체계를 부정하면서도 결국은 생존을 위해, 밥벌이를 위해 이 체계 속에 들어와 있는 내가 밉다.

그런데 이 전쟁에서 터진 수류탄의 파편이 우리 집까지 침해할 거라곤 예상하지 못했다.

며칠 전, 엄마는 나의 외삼촌을 만나러 고향인 부산에 다녀왔다. 부산에 다녀온 후로 엄마가 이상한 말을 하기 시작했다. 당이 어쩌고, 인슐린 분비가 어쩌고, 탄수화물이 어쩌고 등 종일 다이어트에 관한 말을 하기 시작했다. 원래는 우리 집에서 나만 하는 말이었다. '엄마 아빠, 운동하고 식단 좀 해야지 돼요.'

이런 말은 원래 나만 하는 말이었다. 그런데 부산에서 삼촌을 만나고 돌아온 이후, 삼촌에게 건강 강의를 듣고 왔는지 다이어트에 빠삭한 교수님이 되어 돌아온 거다. 아빠와 나는 온종일 엄마의 강의와 설교를 듣고 그 자리에서 토마토 두 개를 먹었다. 저녁은 엄마가 만드신 건강 수프를 먹고 강의 내용대로 식이섬유와 단백질을 먼저 먹은 후 복합탄수화물을 순서대로 먹었다. 아빠와 난 눈빛을 나누며 큰일이라는 말을 작게 내뱉었다. 당분간은 난항을 겪게 될 것이 분명했다.

　나는 엄마가 잠든 새벽에 몰래 맥주 한 캔과 생라면을 먹었다. 다행스럽게 걸리지는 않았다. 오전 5시에 눈을 뜨니 부엌에서 요란한 소리가 들렸다. 밖에서 내가 본 광경은 정말 대단했다. 엄마는 직장에 가져갈 도시락을 만들고 계셨다. 그 안에는 건강 수프와 양배추, 닭가슴살, 감자가 들어 있었다. 그냥 사드시라고 말하자 엄마는 내게 대답했다.
　"밖에서 파는 샐러드에는 당이 너무 많아. 너도 만들어 줄게."
　난 엄마가 몸짱 대회에 나가려고 작정했다고 생각하며 방으로 들어왔다.
　역시 대한민국의 엄마들은 위대하다.

　다이어트라는 굴레 속에 끝없이 쳇바퀴를 돌리는 이들이 많이 있을 거다. 나 역시 마찬가지다. 태생이 마른 줄 알았던 내 몸에도 운동량이 줄어든 순간부턴 부쩍 살이 붙었다. 그렇다고 맛있는 음식을 포기할 수도 없고 감량에 실패할 수도 없는 노릇이다. 여담으로 내가 무대에 서기 한 달 전부터 애용하는 다이어트 방식을 하나 추천하고자 한다. 먹기 힘든 닭가슴살은 현미밥과 함께 볶아 먹자. 간장, 후추와 함께하면 꽤 두둑한 저열량 식단이 된다. 허기가 질 때는 피자 대신 두부 한 모와 달걀 두 개를 섞고, 팬 위에 적당량의 올리브유를 두른 후 노릇하게 잘 구워 토마토소스를 뿌려 먹어도 좋다. 심신에 무리가 없는 건강한 간식이다.

그리고 매일 아침 유산소가 힘들다면, 하루 스쾃 100개로 대체할 수 있다. 유산소 운동과 무산소 운동의 목적과 기능은 다르지만, 스쾃은 뛰는 게 힘들고 귀찮은 이들에겐 하체의 대근육을 사용해 많은 양의 열량을 태울 수 있는 좋은 운동이다. 물론 술을 피하는 게 좋다. 술은 근육을 녹이고 신진대사를 방해하여 다이어트에 악영향을 미친다. 나에겐 이 점이 가장 힘들다. 혹시라도 술을 좋아하는 독자들은 필자처럼 아침에 유산소를 하고 저녁에는 200개의 스쾃을 마친 후 술을 즐기면 되겠다. 물론 술을 마시지 않는 편이 백 배는 좋다.

언제나 어렵게만 다가오는 다이어트지만 이에 너무 목매

달지는 않았으면 좋겠다. 생활 습관을 조금씩 개선하여 건강한 신체를 만들고 스트레스를 받지 않으며 살아가는 이들이 많아지길 바란다. 그러지 않아도 눈만 돌리면 스트레스를 받는 세상인데, 다이어트에서도 받을 필요는 없으니 말이다. 작은 것을 변화하다 보면, 작은 성취에 행복감을 느낀다. 그러한 삶을 산다면 작은 행복을 찾을 수 있는 지혜가 함께할 거다.

곧 다가올 공연을 위해 오늘부터 다이어트를 시작한 정신 나간 작자의 글이었다. 그러므로 오늘 저녁엔 피자에 위스키가 좋겠다. 언제나 다이어트는 내일부터니까.

How can I love

뭐랄까 한 번 정도는 사랑에 대해 기가 막힌 글을 적어보겠다고 다짐했는데, 도저히 용기가 나지 않는 밤이다. 사랑이란 단어를 떠올리면 감정으로부터 전환되는 미학이 담겨야 하고 배움이 있어야 한다. 하지만 지금의 내겐 우울, 상처, 배신감이 사랑의 속내를 채우고 있다. 검은색의 하트다. 내가 사랑을 하며 평생 배워왔던 미학마저도 이제는 먹구름에 감싸져 의심의 문장들로 가득 차는 듯하다.

기가 막힌 문장을 적을 기대를 먼저 버린다. 희망을 덜어낸다. 손끝에 무게를 덜어내다 보면 기가 막힌 문장은 남지 않더라도 진심은 남을 테니까.

진짜 사랑이란 게 무엇일지 질문을 던지다 보면 한 가지 진리에 도달하게 된다. 진짜 사랑이란 건 수없이 정의하고 정리해도 적을 수 없는 게 진짜 사랑이라는 것을. 사랑에 관련된 다른 서적들을 읽어보아도 내 머리는 항상 같은 결말을 도출했다. 사랑이라는 무형의 감정이 뇌와 몸에서 무수히 많은 감각으로 전환되어 어리석은 판단을 하게 되고 심장이 빠르게 뛰며, 그가 아니라면 도저히 살아갈 수 없을 것만 같은 그런 느낌. 느낌이다. 사랑은 느낌이다. 고작 '사랑은 느낌이다.' 같은 문장을 적고 싶지는 않지만 사랑은 그런 느낌이다. 무수히 많은 감각 속에서 기어코 사랑의 감각을 찾아내고야 마는 그런 느낌이 들 때면, 난 내가 사랑하고 있다고 생각한다. 앞서 말했듯이 이건 사랑에 대한 정의가 될 수 없다. 어떠한 근거도 정황도 없으며, 아주 주관적인 감각에 의존하여 사랑과 가까운 무형을 찾아내는, 고작 그 정도의 풀이인 거다.

　사랑이 무엇인지 알 수는 없지만 어떠한 사랑을 바라는지는 알 수 있다.

　지금까지 살아오며 우리의 머리에 그려지는 많은 사랑의

형태를 떠올리다 보면 우리는 어떠한 사랑을 원하는지 알 수 있다. 영화, 드라마에서 보았던 사랑이 시각으로, 노래에서 들었던 사랑이 청각으로, 손끝이 서로 처음 닿았을 때의 감각이 촉각으로, 그의 체취가 내 코에 닿을 때의 향기가 후각으로 말이다. 모든 것을 조합하다 보면 꿈만 같던 사랑이 머릿속에서 펼쳐지곤 한다.

어느 여름, 비가 쏟아지는 날에는 우산을 쓰기보다 함께 비를 맞으며 달리고 싶다. 일을 마친 후 집에 돌아올 때면, 말없이 서로의 치킨을 각자 포장해 와 다 먹지도 못해 다음 날에도 남은 음식을 먹고 싶다. 나무가 많은 작은 숲에 집을 지어 살고 싶다. 눈이 많이 내린 날에는 눈사람을 만들고 눈밭에 뒹굴며 체온을 남기고 싶다. 작은 나무에 조명을 달아 트리를 만들고 싶다. 저녁엔 뱅쇼를 만들어 마시며 몸을 녹이고 싶다. 기타를 배워 함께 노래하다 잠들고 싶다. 그렇게 사랑하며 살아가고 싶다.

꿈이라고 하기엔 너무도 보잘 게 없고, 보잘 게 없다고 하기엔 너무도 충만하고 어려운 사랑의 형태다. 나무로 만든 집에서 매일 밤 별을 보고 뱅쇼를 마시며 둘이서 살아가다, 예쁜 아이와 함께 살아가는 삶이 나에겐 사랑과 가장 가까운 형태다. 내가 생각해도 막연한 꿈이지만 이렇게 적어내다 보면 그와 가까운 사랑의 형태가 내 곁에 머무는 날이 오지 않겠나 싶다.

이 글을 적으면서 일 년 치의 사랑은 다 말한 것 같다. 도무지 사랑할 것도 없고 사랑을 말할 일도 없는 요즘인데, 이렇게 사랑이란 단어로 무차별 폭격을 하니 왠지 사랑할 수 있을 것 같은 용기가 샘솟는다. 오늘은 나를 좀 더 사랑하며 잠들 수 있겠다. 다시 사랑할 수 있을지 의문이 가득한 하루지만 언젠가 내 곁에 사랑이 머문다면 그건 사랑을 뱉어냈기에 가능했을 거다. 사랑을 뱉어내고 사랑을 주고 사랑을 받을 줄 안다면, 작은 사랑들은 당신의 주변에 언제나 머무르며 당신을 사랑할 거다.

취미를 두르는 일

사람과 사람이 처음 만나 대화를 나눌 때 이름 석 자와 출신 학교, 직업 등을 말하고 나면 얼마 지나지 않아 금세 얼어붙어 가는 공기를 느끼곤 한다. 이제 막 만난 사이에 부모님의 직업이나 자산 정도, 이상형이나 연애 횟수를 묻기에는 부담의 낙인이 이마에 찍힐 위험이 있기에, 아주 공적이지 않으면서 또 그렇다고 너무 사적이지 않은 질문 정도가 최선이다. 자기소개를 나누고 나면 이제부턴 아주 시시콜콜한 대화가 연속되는데, 만약 겹치는 지인이 있다면 그에 대한 주제로 이야기를 나눌 테고 지인이 없다면 뻔한 칭찬이나 주고받으며 별다른 수확을 얻지 못한 채 시간이 흘러간다. 이러한 상황에서 필수적으로 등장하는 질문은 서로의 취미를 묻는 말이다.

본디 나는 취미에 대해 대답하는 것을 꺼렸다. 번지르르하고 멋들어지는 취미가 없어서도 맞지만, 이야기를 해주고 싶은 동기가 전혀 들지 않았다. MBTI가 뭐냐고 물어보면 잘 모른다고 답하는 꼬인 유형의 사람이다. '저는 INTP입니다.'라고 대답했을 때, 고작 알파벳 네 자로 분류되어 나의 작은 행동마다 INTP의 색안경이 씌워지는 게 당최 이해되지 않았고, 취미에 대해 대답하지 않으려는 이유도 그와 비슷하다. 이러한 성향을 친구들에게 말하니 그게 INTP의 특징이란다. 뚜껑이 열리는 줄 알았다.

만약 내가 '제 취미는 독서입니다.'라며 답을 한다면 그려지는 이미지가 대충은 보이지 않는가. 지적인 이미지를 위해서 답을 한 듯 보이기도 하고 요즘 워낙 독서가 취미라며 거짓말을 하는 피노키오가 많으니 정말 독서가 취미인 사람도 무턱대고 독서가 취미라 말하기 어려워지는 젊은 세대의 고충 아닌 고충이다. 고작 취미도 말하지 못하는 걸 보니 내가 나에게 당당하지 못한 삶을 산다는 게 느껴졌다.

취미는 자신을 가꾸는 일이라고 생각한다. 행복을 찾기 위한 많고 많은 여정 중 가장 먼저는 나를 사랑하는 일인데, 타인을 사랑하기는 어렵지 않아도 나를 아끼는 것에는 여정의 시작부터 악천후가 몰아친다. 나는 나이기 때문에 나의 이면을 너무나 잘 알고 단점투성이인 나를 아껴줄 용기가 조금도 샘솟지 않는다.

어쩌면 취미를 숨기는 것에는 나의 단점을 조금이라도 더 숨기려는 마음이 있던 것 같다. 취미를 갖는 것은 나를 사랑하는 일이다. 남들에게 말할 취미가 없는 것은 생각보다 나 자신을 사랑하지 않는 것일 수 있다. 듣기만 해도 고리타분한 독서를 제외하고 내 취미를 생각하니 딱히 떠오르는 게 없었다. 참 싱거운 놈이다.

넉 달 전, 새로운 공연이 들어와 무용수들과 처음 만나던 날이다.

이른 아침 눈을 떠 편한 바지와 후드티를 입고서 향수를 손에 쥐었다. 아니나 다를까 역시나 내 인생은 되는 게 잘 없다. 향수를 분사하니 앵무새 눈물 같은 물방울이 손가락 마디 위에 찔끔 떨어졌다. 나는 향수가 없다면 밖에 나가지 않을 정도로 향에 민감한 타입인데 미리 확인해 두지 않은 바보 같은 인간이다. 싱거운 놈, 바보와 같은 단어만이 나를 수식하는 요즘이다. 당시로부터 일주일 전, 새로 바꾼 섬유유연제로 빨래를 했었다. 그 향에 반해 일주일간 향수를 건드리지 않은 게 패착이 됐다. 썩 유쾌하지 않은 기분으로 첫 연습을 마쳤고 집으로 돌아와 향수를 주문하기 위해 인터넷을 열었다. 당시 나는 향수를 하나만 사용하는 편이었다. 향수를 좋아하는 이들을 보니 날씨나 옷, 기분 등에 따라 다양한 향수를 바꿔가며 사용한다고 하는데, 나는 한번 향수를 정하면 거의 3, 4년간은 같은 향수만 사용했다. 음식도 한번 맘에 들면 같은 음식으로만 일주일을 버티기도 한다. 내가 사용하던 향수는 옅은 베리 향에 시원한 시트러스 계열이 섞인 향으로 중성적인 느낌이 가득한 편이었다. 궁금증 유발을 위해 제품명은 적지 않은 편이 좋겠다. 실은 굉장히 유명하고 흔한 향수다.

그렇게 주문을 하려는 순간 우연히 창 하단에 있는 광고성 배너에 적힌 문구가 눈에 들어왔다.

'나만의 향수를 만들어 보세요.'

구미가 당기는 광고에 혹해 검색해보니 공방에서 자신이 원하는 향을 조합해 나만의 향수를 만드는 향수 공방에 대한 광고였다. 귀찮게 뭘 만드냐는 생각이 머리를 휘감던 찰나 취미라는 단어가 총알처럼 뇌리를 뚫고 지나쳤다. 비효율의 끝을 내달리는 나의 취미는 그렇게 시작됐다.

용기를 내 1인 향수 만들기 체험을 예약하고 이틀 뒤에 공방으로 향했다. 계단에서부터 진하게 풍겨오는 달콤하고 푸릇한 내음이 코를 마비시켰고 곧장 문을 여니 흰 머리칼로 중후한 매력을 뽐내시는 사장님이 계셨다. 손님은 나뿐이었다. 홀로 방문하면 내심 부끄러울까 속을 태웠는데 아주 옅은 안도의 한숨이 입을 비집고 나왔다.

지긋하신 사장님이 부드러운 어투로 천천히 설명을 시작했다. 처음은 취향을 알아보는 설문지를 작성하고 향을 배합하는 방법을 알려주셨다. 곧바로 수십 가지의 테스터를 맡아보며 내 취향인 향을 찾기 시작했는데, 대략 스무 번째 향을 맡을 때부터는 사실상 구분이 불가했다. 머스크를 맡아도 어지러웠고 시트러스를 맡아도 토가 올라왔으며 플로럴을 맡아도 화가 치솟았다. 이때 어디선가 아주 향긋하고 강한 향이 내 코를 다시 깨우기 시작했다. 사장님은 천에 쌓인 무언가를 건네었다. 이는 두껍게 갈아낸 원두였다. 원두의 향을 맡아가며 향수를 조합하면 코 부담에 도움이 된다고 하셨다. 내가 커피에 미쳐 사는 건 또 어찌 아셨는지 참으로 마음에 쏙 드는 사장님이었다. 사장님께 취미가 무어냐 묻고 싶었지만 나는 T이기에 참았다. 아무래도 MBTI에 스며든 듯하다.

전에 쓰던 향수는 내 취향에 거의 걸맞은 향수였지만, 달콤한 향이 조금 줄어들고 시원한 향이 가미되었다면 더 좋았겠다는 생각을 줄곧 했다. 그 향을 떠올리며 공병에 베이스를 깔기 시작했다. 4년간 맡아온 향을 떠올리며 스포이트로 조금씩 용액을 떨궜다. 베리 향은 조금 줄였고 아쿠아를 조금 늘렸다. 마지막 쿨링을 위해 약간의 시트러스를 채웠다. 공병을 다 채우고선 굵은 원두 가루를 깊게 들이마시고 다시금 향수를 맡아보았다. 아무래도 난 무용수보단 조향사가 낫겠다는 생각을 품기 시작했다.

공방을 나와 홍대 거리를 걸으며 생에 처음으로 직접 만든 향수를 맥박이 뛰는 곳곳에 분사했다. 취향에 딱 맞는 향이 나를 품고 이내 취미란 게 생겼다고 느꼈다. 어찌 보면 비효율적이지만 나름의 낭만은 있었다.

내게서 풍기는 향을 내가 만드는 것은 나를 사랑할 이유를 만드는 일이기도 하니까.

나는 이날 이후로 한 가지 습관도 생겼다. 외출 시에만 뿌리던 향수였는데, 이제는 침대에 눕기 전에도 목덜미와 손목에 향수를 분사한다. 잠들기 전까지 취향을 맡고선 눈을 뜨고서도 바로 취향을 맡는다. 나를 사랑할 이유를 스스로 주변에 만들어 두다 보면 어느덧 아주 작은 행복은 내 취향 속에 겹겹이 묻어 있으리라는 바람이다.

나흘 뒤는 공방에 세 번째로 가는 날이다. 어느덧 두 병을 비우고 있는 요즘이다. 이번에는 새로운 향을 만들어 볼까 싶다. 나도 남들처럼 날씨나 옷에 따라, 기분에 따라 향수를 뿌리는 그런 취미를 가지려 한다. 누군가 내게 취미를 묻는 일이 아주 많아지길 바라는 요즘이다. 벌써 대답할 생각에 입가에 미소가 지어진다.

'저는 종종 향수를 만듭니다.' 나름 멋들어지는 취미다.

일탈은 선택과 집중으로부터

일탈이라는 단어에서 우린 묘한 듯 강한 희열을 찾을 수 있다. 본디의 목적이나 특정 장소에서의 규율을 벗어날 때 느끼는 그 희열을 쉽게 잊을 순 없다. 어떤 이들은 학창 시절 겪었던 일탈의 순간을 평생 기억하며 원동력을 되찾기도 한다. 그 기억들은 과거에 사용했던 전화기 안에 있는 사진첩처럼 부끄럽지만 싱그러운 냄새로 남아있다. 책에 담을 만한 올바른 소리는 아니겠지만 난 본디 올바른 모범생의 피를 아빠로부터 물려받지 못했기 때문에 몇 가지 일탈의 이야기를 전해본다.

아직은 일탈을 모르고 선생님 말씀이라면 대통령의 말보

다 무겁게 여기던 16세의 바른 소년 김지민이 있다. 그때까지만 해도 공부도 열심히, 점심 식사 후 양치도 열심히 하는 용모 단정한 전교 부회장이었다. 지금은 도무지 저 모습이 어디로 날아갔는지 알 수가 없다. 그러던 어느 날, 사촌 형의 권유로 무용을 알게 되었다. 이미 중3 봄을 지나는 시기였기에 예고를 진학하기에는 늦은 감이 있었으나 머리에 구멍이 난 애처럼 예고에 가고 싶다는 생각이 날 휘감았다. 엄마 아빠는 당연하게도 반대했다. 공부도 괜찮게 하는 놈이 무슨 얼어 죽을 무용을 하냐며 야단치는 부모님의 모습이 생생하다. 내 첫 일탈은 반대하는 부모님에게 시위를 진행하며 일탈의 포문을 열었다. 무용의 '무' 자도 모르는 놈이 방송에 나오는 현대무용 동작을 외워서 식탁 앞에서 춤을 췄다. 춤에 재능이 있다며 소리를 질러댔고 부모님 속을 많이도 썩였다. 지금 생각하면 왜 그렇게 예고에 가려고 했는지 기억은 잘 나지 않지만, 아마도 예고에 대한 막연한 환상에 빠져 재미난 삶을 원했던 듯싶다. 자식 이기는 부모 없다며 결국 내 승리로 시위는 끝이 났고 바로 다음 날, 학원에 내 이름 석 자를 당당히 등록했다.

그날부터 난 평창동에 있는 예고에 가겠다고 다짐했다. 뭣도 모르던 때이지만 이왕 갈 거라면 최고 좋은 예고에 가야만 한다고 생각했다. 오히려 뭣도 몰랐기에 가능한 발상이었다.

숨이 턱 끝까지 차오르고 발에서 흐르는 피를 테이프로 감아가며 시험까지 열 달 남짓한 시간을 독기로 채웠다. 그러던 중 두 번째 일탈이 있었다.

분당에 있는 예고에서 콩쿠르가 있는 날이었다. 콩쿠르 당일 아침, 머리를 감으며 거울을 보고 있는데 뭔가 허전한 기분이 들었다. 머리카락이 문제였다. 검은 머리가 달갑지 않아 곧바로 근처 마트로 향해 탈색 약 두 통을 사와 셀프 탈색을 진행했다. 당연히 선생님의 동의 없이 독단적으로 돌발 행동을 벌였다. 이게 얼마나 정신이 나간 일이냐면, 예고에서 개최한 콩쿠르는 학생의 실력과 인성, 용모 등을 보고 학교에서 필요한 인재인지 동시에 알아보는 장이기도 하다. 그런데 그런 날 나는 동의 없이 머리를 금발로 물들이고 온 것이다. 어린 왕자라는 별명이 그때 붙었다.

다행히도 콩쿠르에서는 2위라는 성적을 기록했으나 원장

님이 내리는 공포의 쓴맛을 피할 수 없었다. 그때 맞은 등이 아직도 얼얼한 기분이다.

　그로부터 세 번째 일탈은 예고에 입학한 후의 일이다. 목표로 삼았던 예고에 진학 후 힘든 나날을 보냈다. 끝나지 않는 실기 수업과 한 반에 남학생이 넷뿐인 극단적인 무용학과의 성비에 적응이 어려웠던 나는, 등교하는 버스 안에서 매번 도망치고 싶다는 생각을 몹시나 했다. 그러던 어느 여름날, 일을 저지르고야 말았다. 163번 버스가 평창동 주민센터 앞을 지나며 지옥문으로 들어갈 시간이 다가왔다. 그런데, 그날따라 유독 화창한 햇살이 내 코끝을 간지럽히는 것이다. 바람은 살랑이고 구름은 나를 유혹했다. 난 등교를 하지 않고 서울 버스 투어를 결심했다. 학교 도착을 알리는 음성이 들리자 뒷좌석에 있던 발레 학과 동급생 둘이 왜 내리지 않냐고 물어, 나는 오늘 지옥에 들어가지 않을 테니 담임 선생님께는 날 봤다고 하지 말라 전했다. 예비 발레리나 둘은 나를 이리저리 훑어보며 짧은 숨을 내쉬었다. 나는 개의치 않으며 의자에서 엉덩이를 떼지 않았고, 그렇게 나 홀로 청춘

서울 투어를 시작했다.

본디 일탈이라는 것을 추천할 수도 없고 더군다나 내 책에서 나의 경험을 토대로 확증 편향된 글을 적고 싶은 마음은 추호도 없지만, 다만 나의 선택으로 인한 결과의 책임을 온전히 나 홀로 질 수 있는 거라면, 타인에게 피해를 주는 일이 아니라면 일탈은 사회의 굴레 안에 있는 구성원에게 시도할 가치가 충분한 일이 될 것이란 말을 조심스레 전한다. 이날 나는 신촌, 홍대를 지나 한강을 건너고 국회의사당과 여의도를 눈에 담았다. 친구들이 몸을 날리며 구르고 있을 거란 생각을 하며 바라보는 한강은 말로 표현할 수 없을 정도로 아름다웠으며, 일탈 속 한강은 프랑스의 센강(Seine River)이었고 63빌딩은 에펠탑이었다.

서울 투어를 마치고 오후 2시를 지날 때, 지옥문을 열고 지옥으로 복귀했다. 이미 뜨거운 열기로 가득한 무용실 앞에 서서 최대한 불쌍한 표정을 짓고 준비해 온 대사를 되짚어 본 뒤 힘차게 손잡이를 돌렸다.

"선생님, 면담 가능할까요."

무언가 사건이나 우환이 있는 애처럼 연기해 혼나지 않을 계획이었다.

한량 같은 시간을 보내다 온 거지만 선생님은 내 눈을 보며 진심으로 걱정해 주셨고 다음엔 그러지 말고 학교에 와서 얘기하라는 가벼운 충고뿐이었다. 그때 난 무용이 아니라 연기를 전공해야 하는 게 아닌가 싶을 정도로 상황을 잘 소화했던 것 같다. 아니, 사실은 다 알고선 넘어 가주신 게 맞는 것 같다.

평소에 일탈과는 정반대의 삶을 살아야만 일탈이 일탈로 느껴질 수 있다. 내 삶에 집중하고 해야 할 일에 충실하며 살아가다, 일탈의 기회가 오는 순간 합리적인 선택과 그에 대한 집중이 이루어져 일탈의 온전한 의미를 채운다. 규칙을 깨고 일상에서 탈출하라는 괴짜 예술가가 할 것 같은 말을 전하고 싶지는 않다. 하지만 내가 질 수 있는 책임의 선 안에서는 타인의 눈치를 보지 말라는 말을 하고 싶다. 학생이라면 까짓것 혼 좀 나면 되는 거고 성인이라면 책임을 지면 되는 거다. 물론 한계선을 넘는 일탈은 반드시 자신을 갉아먹기에 도덕과 양심에 의거하여 기준에 잣대를 세우자.

 파릇하고 멍청한 시절의 기억을 끄집어 보니 자신을 드러내려 애썼던 사람 같다. 여전히 젊은 나이지만 저 시간 속의 패기는 오래전 잃었고 후회와 푸념으로 하루를 채운다. 내용의 전개를 위해 일탈이라는 단어를 거듭해 사용했지만, 사실은 나를 당당히 말하고 봐주길 바라는 외침이자 외로운 시위가 아니었을까. 저 시절을 돌이켜 보면 자신에게 당당했고 두려움이 없었다. 두려움이 없기에 웃을 줄 알았고 행복했다. 지금의 내가 배워야 할 과거의 모습이다. 행복이란 것을 이루기 위한 가장 쉬운 방법은 내 삶과 자신을 사랑하고 당당해지는 것이니까. 눈치 보지 말자. 선택에 책임을 다하되, 선택을 두려워하지 말자. 당신이 선택한 일탈의 순간이 훗날 빛이 바랜 사진첩에 한 장의 추억으로 자리할 듯하다면, 절대 주저하지 말라. 그저 그렇게 말하고 싶다.

 유치한 일탈 이야기를 읽어주셔서 감사합니다. 저도 유치

한 거 알아요. 여러분도 그랬던 시절이 다 있지 않았습니까. 깊이 숨은 일탈의 기억을 꺼내 보면 또 사뭇 다른 기억이 반겨 줄 수 있습니다. 어떤 기억이 당신을 반기나요? 잊고 지내던 즐거운 기억을 찾으셨길 바랍니다. 혼자 부끄럽기 싫은 밤입니다.

바다는 모든 것을 쓸어간다.
후회와 푸념을 가져와도 바다는 모든 것을 품고서 지나간다.

이름 모를 작은 천사에게

학생들의 콩쿠르 시즌이 다가오며 정신없는 삶을 보내던 때의 이야기다. 출강하는 학원 중 압구정역에 있는 학원 건물 옆에는 아주 예쁜 아이가 살고 있었다. 나는 그 아이를 볼 수 있던 시간이 내 강사 인생 중 유일하게 무용을 하길 잘했다고 느꼈던 시간이다. 학생들이 본다면 미안하지만 말이다.

참고로 나는 수업하러 가는 출근길을 썩 좋아하지 않는다. 상당수의 사람이 그렇겠지만 자기 일을 좋아하는 사람은 극히 드물다. 선생으로서의 사명감을 지니고 아이들을 지도하나 무용보다는 학생과 이야기를 자주 하는 편이다. 입시를 위한 수업이 아닌, 한 예술가로 성장할 수 있도록 지식을 전해주는 수업을 선호한다. 물론 수업을 하기 싫어서는 절대 아니라고 해두자. 참고로 어제는 '햄버거 사업은 어떻게 해야 하는가.'에 대한 이야기를 나눴다. 중3과 말이다. 어쨌든 움직이기 싫어선 아니다.

당시 콩쿠르 시즌이 다가오며 압구정을 가는 일도 잦아졌다. 매번 불평만 하며 출근을 하던 어느 날, 뜻밖의 사랑둥이가 내 눈에 들어왔다. 학원 옆에는 작은 펫 숍이 있다. 펫 숍은 여전히 많은 이슈와 논쟁거리의 주된 화두로 거론되는데, 나 역시 펫 숍은 사라지는 게 옳다는 주장이다. 이 글의 제목이 펫 숍의 찬반 토론이 아니기에 여기까지만 말하겠다. 다시 돌아와 원래 학원 옆에 있던 펫 숍에서는 강아지를 주로 취급하였다. 아주 작고 귀여운 강아지들은 지나가는 나를 보며 짖기도 하고 간식에 정신이 팔려 나를 거들떠보지도 않는 경우가 허다했다. 강아지도 좋아하는 타입이지만 안쓰러운 마음에 앞에 오래 서 있지는 않았다.

그러던 날 그 녀석이 눈에 들어왔다. 힘차게 짖어대는 녀석들 가운데 작고 하얀 솜뭉치가 나를 빤히 바라보고 있었다. 이미 5분이나 수업에 늦었으나 그 눈빛을 도저히 외면할 수 없었다. 가까이 다가가니 파란 눈을 가진 작은 새끼 고양이었다. 보자마자 심장이 땅에 떨어지는 기분을 경험했다. 한 손에 다 들어올 것 같은 작은 아이가 나를 빤히 바라보며 아주 작게 울어댔고 난 곧바로 사랑에 빠졌다. 나는 미안하다고 연신 손을 흔들었고 시야에서 사라질 때까지 그 아이의 눈을 바라보며 수업에 들어갔다. 수업을 취소할지 백 번 고민하다. 나를 기다리고 있을 다 큰 무용 강아지들을 외면할 순 없었다. 사실 무용 수업 하루쯤은 하지 않아도 아무 문제 없는데 말이다.

이날 나는 세 시간의 수업을 진행하는 동안, 고양이를 보러 다섯 번이나 밖에 나갔다. 잠시 급한 통화를 할 곳이 있다며 아이들에게 개인 연습을 시키고 고양이를 만나러 갔다. 그 아이는 내가 갈 때마다 시선을 보내 주었다. 밝게 빛나는 눈으로 나를 뚫어지게 바라봤다. 나는 사랑에 빠진 게 틀림이 없었다. 나름대로 열심히 수업하며 살아왔는데 이렇게 글로 적으니 강사의 자격은 바닥인 듯하다.

그로부터 일주일 동안 압구정을 가는 날에는 매일 같이 그 아이를 보러 갔다. 매일 불평만 하며 탔던 압구정행 지하철이 어느덧 설렘 가득한 출근길이 되었고 그 하얗고 작은 솜뭉치는 악마 같은 학생들마저 예뻐 보이게 만드는, 내게 천사 같은 존재로 자리 잡았다. 용기가 없어 매번 밖에서 유리창을 사이에 두고 그 아이를 바라보았지만 언젠가 한 번은 꼭 펫 숍 안에 들어가 그 아이를 쓰다듬을 거라며 작은 다짐을 했다.

주말에는 수업이 없어 압구정에 가지 않았는데 평소였다면 황금 같았을 주말이 전혀 달갑지 않았고 어서 월요일이 되기를 바라고 있었다. 수업을 기다리는 이유가 학생들 때문이 아니라 고양이 한 마리 때문이라니. 원장님이 이 글을 보신다면 당장 나를 자르고도 남지 않을까 싶다. 이미 내 사진첩에는 이름도 모르는 작은 새끼 고양이가 앨범을 가득 채우고 있었고 사랑스럽게 나를 바라보는 녀석을 한참이나 한 장

1장 화조월석 花朝月夕

씩 넘겨 보며 주말을 지새웠다. 월요일에는 꼭 녀석을 안아 볼 거라며 말이다.

아침이 밝았고 오늘은 꼭 녀석을 안겠다며 하얀 카디건을 꺼내 입었다. 하얀 녀석이 내게 안길 때, 조금이라도 덜 놀라길 바라며 생각한 작은 묘수다. 지금 생각해보니 이게 무슨 바보 같은 생각인가 싶기도 하다. 그렇게 하얀 카디건을 걸치고 우사인 볼트에 빙의해 압구정역에서 펫 숍까지 단숨에 달려갔다. 그리고 내 세상은 무너졌다.

펫 숍의 왼편 유리에 있어야 할 녀석이 보이지 않았다. 혹시라도 자리를 옮긴 게 아닐까 싶은 마음에 이리저리 둘러보아도 녀석은 보이지 않았다. 녀석이 사라지고 나서야, 이제야 나는 용기를 내 펫 숍의 문을 열고 들어섰다. 주인에게 사진을 보여주며 물었다.

"혹시 이 아이, 팔렸나요?"

주인이 답했다.

"네. 이 아이는 어제 다른 분이 데리고 갔습니다."

주인은 그 아이가 원래 유기묘라고 말했다. 그 작은 아이가 왜 이리도 애처로운 눈빛을 지니고 있었는지 알 수 있었다.

처음에는 그저 '아'라는 탄식 외에는 말이 나오지 않았다. 잠시 후에는 절망적인 감정이 나를 감았다. 지푸라기라도 잡고 싶은 심정에 혹시라도 이 아이가 다시 돌아오면 알려달라며 내 연락처를 적어 두었다. 만에 하나 다시 돌아온대도 키울 여건도 되지 않았지만, 그렇게라도 그 아이의 소식을 듣고 싶었던 것 같다. 좋은 가족들 품에 갔기를 바랄 뿐이었다.

학원 앞에 서서 한참이나 후회했다. '한 번만 용기 내 들어가 볼걸, 한 번만 안아볼걸.' 하며 한탄했지만 돌이킬 수는 없었다. 그 아이를 보던 일주일이 너무나 그리웠다. 이름도 모르는 아이고 안아보지도 못했던 아이가 너무나 그리웠다. 노래 가사처럼 사랑은 타이밍이라더니, 그게 고양이에게도 일맥상통하는 진리였나 보다.

그로부터 몇 달이 지난 지금이지만, 당연하게도 연락은 오지 않았다. 그저 어디서 버려지지 않고 따스한 집에서 잘 자며 츄르나 통조림도 많이 먹고 있길 바라는 요즘이다. 출근할 때마다 그 녀석이 있던 자리를 곁눈으로 훑는 게 어느덧 습관이 되었지만, 그 아이와 같은 눈으로 날 보던 녀석은 없었다. 오늘은 유독 더 사진 속 그 아이의 솜털이 부드러워 보인다. 쉽게 생각해보면 인생의 진리는 생각보다 단순하게 적용된다. 내 용기가 부족해 아무것도 하지 않았던 기억을 돌이켜 보면, 대개의 상황에선 후회라는 잡념이 묻어 있을 거다. 이는 사랑뿐 아니라 많은 상황에 적용되는 말이다. '그때 말해볼걸, 그때 가볼걸, 그때 도전해 볼걸.' 나도 달고 사는 문장이다. 지금 나의 고민이 나를 더 큰 바다로 이끌 수 있는 항구에 도달해 있다면, 일단 해보는 삶을 살아보는 게 어떨까. 작은 새끼 고양이가 내게 교훈까지 주는 모양이다. 그때 왜 안지 않았냐고 울면서 말이다.

지금은 가족들이 지어준 이름으로 불리고 있겠지만 혹시 나와 보던 일주일 동안에 이름이 없었더라면, 이 글에서 만이라도 내가 이름을 지어주고 싶다.

-천사에게-

청춘의 미학

　요즘 부쩍 후배들의 질문이 늘었다. 뭐랄까, 글을 쓰는 사람에게 묻는다면 고민의 무게를 덜어줄 만한 끝내주는 문장이 나올 거라는 생각을 하나 싶다. 나도 내 무게에 깔려 죽을 판인데 후배들의 고민을 들으며 내가 생각할 수 있는 조언 따위는 없다. 그저 속에는 '내가 더 힘들다, 이놈아.'라는 말이 뇌를 후빈다. 나는 도움이 될 만한 끝내주는 문장을 적을 위인이 못 되며 고작 여기까지 적는 데도 장장 40분이 걸렸다.

　대부분 내게 오는 질문은 비슷한 결을 띤다. 진로에 대한 고민, 그리고 떠나는 자가 지녀야 할 용기와 같은 주제다. 평생을 무용에 전념했던 이들이 고학년이 되며 약 8할(필자의 주변 환경을 나타낸 수치) 이상의 학생들이 현실에 부딪혀 무용을 그만둔다. 긴 인생을 기준으론 별것 아닌 얘기처럼 들릴 수 있지만 많은 무용 전공생은 아주 어린 나이부터 전공을 택하여 평생을 무용만 했기에, 그들이 업계를 벗어나며 직면하는 상대적 박탈감과 두려움은 생각보다 크다.

자신들의 고민을 털며 내게 자문 비슷한 거를 바라면 나는 경청의 자세는 갖추지만 별다른 묘수를 떠올리지 못한다. 어찌 보면 당연한 말이다. 선배랍시고 고작 밥이나 몇 그릇 더 먹었을 내가 어찌 타인의 무게를 들어준다는 말인가. 그저 들어 줄 뿐이다. 이야기를 나눠줄 뿐이다. 그러나 고통을 위로할 수는 없지만, 그들이 내게 말을 뱉기 위해 고민했을 시간의 무게는 잘 알고 있다. 그 말의 무게를 위로할 수는 있다. 자신의 미래에 깊게 고민하고 내게 묻기까지 견뎌온 시간을 믿는다. 그 마음이 진심으로 다가올 때면, 나는 그들에게 하는 이야기가 하나 있다.

우리는 알게 모르게 자신의 세계를 한정 짓는다. 이 넓은 세상에서 자신이 밟을 땅의 크기를 좁혀 나간다. 실패가 두렵고 삿대질이 무서워 세상에 나를 드러내는 일을 가장 두려워한다. 청춘이 왜 아픈지 우리는 처절하게 고민할 필요가 있다. 불분명한 미래가 두렵고 불확실한 사랑이 두렵고 나를 알지 못하는 내가 두렵지 않은가. 그렇다면 분명한 미래를 위해서, 영원한 사랑을 위해서, 그런 나를 찾기 위해서 고민하고 몸부림치고 깨져야 하는 게 청춘이 아닌가.

누군가에게 나의 꿈을 말할 때는 남들이 비웃어야 한다. 비웃지 않는 꿈이라면 그 꿈은 우리에게 충분히 큰 꿈이 아닌 거다. 큰 꿈을 꾸고 그 꿈에 다가서며 넘어지다 보면 잘 넘어지는 방법을 배우고 일어서는 힘을 기를 수 있다. 나는 그저 남들보다 춤을 잘 췄기에 무용을 택했을 뿐이다. 세상에 나를 드러내는 수단과 무기가 무용이었을 뿐이지 무용을 떠난다고 해서 그간 겪었던 경험과 시간이 사라지는 건 아니다. 수단을 찾아내고 무기를 제련하는 그 시간이 아프지 않다면 그것이 어불성설이며, 고민하는 청춘은, 우주를 넓히는 청춘은 무한한 자유 속에 자신을 내던지는 낙하를 해야만 하는 황홀한 시기다. 끝없는 낙하를 두려워하자. 다만, 두려움을 벗어나고자 한다면 제련하고 단련하자. 강해졌다면 다시 나를 세상에 드러내자.

난 이런 뻔한 말을 덤덤하게 전했다. 아니, 내게 가장하고 싶은 말을 거울 속 나에게 말했다.

이렇게 뻔한 말을 우린 너무도 잘 알고 있다. 하지만 안다는 것과 한다는 것은 바다와 강처럼 크게 다르다. 대다수는 알면서도 하지 않는다. 그 작은 틈은 시간이 지나며 메울 수 없는 구멍이 될 것이고 무한한 자유는 언젠가 아주 작은 유한적인 공간에 매몰되어 끝이 날 것이다. 어설픈 핑계와 변명으로 자신의 게으름을 청춘이라는 낱말에 기대지 말자. 고뇌와 신념이 없이 버려진 시간은 그저 낭비일 뿐이다. 청춘이라는 단어의 속살은 결코 낭비를 바탕으로 채워지지 않는다. 가난과 고난에 좌절하지 말자. 청춘의 시간은 가난과 고난 따위에 쓰러질 만큼 얇은 시간이 아니다. 우릴 무너뜨리는 것은 현재의 환경이 아닌, 다시는 돌아갈 수 없는 시간에 대한 후회다. 나는 가난한 지금의 내가 싫고 밉다. 그렇기에 나는 벗어나고 싶다. 아름다운 시간을 고귀하게 가꾸고 무너지는 경험을 거름 삼아 햇빛과 양분을 받을 준비를 하자. 그렇게 견디고 이겨낸 이들의 삶이 어느덧 과거가 되었을 때, 우리는 청춘이라 부를 수, 말할 수 있다.

　나는 청춘의 신념을 중시한다. 떠나는 자의 신념은 나이와 관계없이 청춘의 신념을 우선시할 필요가 있다고 믿는다. 난 곧 떠날 예정이다. 내가 몸담고 있던 터전을 벗어나 세상에 나를 보이러 떠날 것이다. 신념의 가치가 객기와 비슷해지는 날이 온다면 이 글을 읽고 다시금 신념을 찾을 것이다. 자유라는 단어에는 큰 무게가 따라온다. 자유는 절대 자유롭지 않다. 자유를 이루기 위해서 버텨야 하는 무게는 비례, 그 이상이며 신념을 지키는 자에게 찾아오는 무게는 상처를 후비는 칼날이 되어 신념의 크기만큼 정교하고 날카롭게 살을 도려낸다. 그래도 우리는 그 여정을 떠나야만 한다. 우리는 청춘이기 때문에. 청춘의 신념은 그 무엇보다 아름답고, 무엇과도 바꿀 수 없기에.

우리는 청춘이기 때문에, 다시 돌아오지 않는 청춘은 절대로 아름답기에.

1장 화조월석 花朝月夕

어른들은 우리에게
냉소적인 태도를 버리라고 말하지만,
상처받는 게 두려워
냉소적으로 변하는 게
청춘이기도 하다.

2장

수구초심

首丘初心

—

'여우가 죽을 때에 머리를 자기가 살던 굴 쪽으로 둔다.'라는 뜻으로,
고향을 그리워하는 마음을 이르는 말.

표류하면 언제나
뒤를 돌아보게 돼

때론 그저 낭만을 좇아

"잠시 떠나겠습니다, 그동안 감사했습니다."

얼마 전, 교수님께 인사를 전하고 학교를 나왔다.

나에겐 큰 고민이 있었다. '나 진짜로 조만간 자퇴할 거야.' 이 말을 한참 동안 입에 달고 살았다. 수년 전, 학교에 갓 입학한 새내기 시절에는 열심히도 춤을 췄다. 학교에서 시키는 공연이란 공연은 모두 뛰며 성장이라는 단어에 목매달며 하루하루를 버텼다. 조금씩 내가 학교와 멀어지기 시작한 건 세상에 나를 보여주겠다는 마음을 먹기 시작했을 때다. 학과의 규칙상 외부 활동과 방송 활동이 불가했기에 내가 꿈꾸는 넓은 세계를 경험할 수 없었고 내 우주는 점차 좁아졌다. 그렇게 2년을 고민하다 학교 소속 무용단을 나왔고 휴학을 신청했다. 글로 적자니 이렇게나 간단하게 정리되지만 사실 그간의 복잡 미묘한 심정은 날 지치게 했고 멈추게 했다.

어차피 휴학을 결정했으니 난 무작정 떠나겠다고 말했다. 어디든 좋으니 바다와 계곡만 있으면 좋다고 했다. 누구랑 가든 괜찮으니 물만 있으면 좋다고 했다. 내 친한 동료이자 후배인 J와 Y, W가 말했다. "형, 저희가 숙소랑 기차표 다 끊어뒀으니 형은 몸만 오면 돼요." 이들은 내가 쉬는 날을 확인하더니 곧바로 강릉행 차표와 계곡 옆에 있는 커다란 독채 숙소를 예약해 두었다. 그래도 내가 그렇게 잘못 살지는 않았구나 싶었다.

J, Y, W는 무용단 여자무용수 둘을 더 불러 나보다 하루 먼저 강릉으로 향했고 나는 학생들의 입시 수업을 마친 뒤 하루 늦게 기차를 탔다. 이들은 내가 오는 길 내내 고기와 술, 라면 모든 게 다 준비되어 있으니 아무것도 사지 말고 몸

만 오라고 연신 말했다. 가방에는 속옷과 수영복만 챙기고선 가벼운 몸과 마음으로 향했다. 강릉역에 도착하니 주차된 차 옆에서 내 이름을 부르는 아저씨가 서 계셨다. 알고 보니 후배들이 미리 숙소 사장님께 부탁을 드려 날 픽업하러 오셨다더라. 나를 찾기 위한 여행 속에, 나를 찾을 수 있도록 짐을 덜어주려는 동료들의 마음만이 가슴속을 가득 채웠다.

첫째 날, 낮

숙소로 향하는 동안 밖을 내다보니 바다와 큰 산을 넘어가며 한참이나 달리고 있었다. 시내와 많이 떨어진 곳에 있어 오히려 좋다는 생각을 했다. 차를 타고 약 30분이 지났을 때, 점점 더 깊은 곳으로 들어가는 나를 알 수 있었다. 그때부터 조금씩 불안이 엄습했다. 혹시 이 아저씨 나를 납치하는 거 아닌가. 숙소에 있는 다섯 명 모두 연락을 보지 않기 시작했다. 의심이 조금씩 확신으로 바뀌었다. 몰래 룸미러를 보며 아저씨의 눈을 확인했다. 주차장에선 선해 보이던 인상이 조금씩 수상해 보였다. 눈치 싸움을 이어가고 있을 때 아저씨가 말을 걸었다. "손님, 도착했어요."

내 멍청한 표정을 숨기며 옆을 둘러보니 펜션이 한 채 있었고 펜션 뒤쪽에서 웃고 떠드는 소리가 들렸다. 감사하다고 고개를 꾸벅 숙인 뒤 서둘러 차에서 내렸다. 왁자지껄한 소리를 따라가 보니 이놈들은 옷을 훌러덩 벗고서는 계곡에서 물놀이를 하고 있었다. "문자라도 남기지."

작은 목소리로 뱉으며 안도의 한숨을 내쉬었다. 사장님께 무척이나 죄송했다.

날 발견한 후배들은 곧바로 얼른 내려오라며 소리를 질러 댔다.

옷을 갈아입고 오겠다는 말을 주고받는 순간 이미 J는 다가와 날 끌고 들어갔다. 기껏 챙겨온 짐이 속옷과 수영복뿐인데, 수영복은 꺼내지도 못하고 계곡으로 끌려갔다. '입수를 당했다.'라는 표현이 정확하다. 얼음장 같은 차가운 물에서 오랜만에 모두와 인사를 나누었고 해가 질 때까지 물장구를 치고 돌밭에 앉아 맥주를 마셨다. 그리고 젖은 몸이 마르면 다시 계곡에 들어가 서로를 자빠트리며 열심히도 계곡을 즐겼다.

첫째 날, 밤

밝은 하늘이 조금씩 고개를 돌리며 어두운 뒷모습을 가져
왔다. 젖은 몸을 가볍게 닦은 후 숙소로 돌아와 따뜻하게 흐
르는 물에 몸을 적시니 이제야 서울에서 묻혀 온 흙 때가 조
금씩 씻겨 나갔다. 편한 옷으로 갈아입고서 삼겹살과 각종
반찬을 챙겨 마당에 있는 평상으로 향했다. 밖으로 나간 순
간, 우리는 일제히 하늘만을 바라보게 되었다.

맑은 물이 돌에 부딪히며 세차게 흐르는 소리, 조명 하나
없어 앞도 보이지 않는 어둠 속을 가득 채운 하늘 위의 별들.
그저 말없이 한참이나 밤하늘을 바라보았다. 역시나 난 시골
에 가야겠다. 내가 이루고자 하는 일을 이루고서 적당히 밥
을 먹을 돈이 있다면 난 조용한 마을에서 살아야겠다. 매일
밤, 하늘을 바라보고 있어도 걱정 없이 살 수 있는 날이 오길
바랐다.

우린 무수한 별들 아래서 고기와 소주를 곁들이며 덥지만

시원한 밤을 보내며 잠을 청했다.

둘째 날, 낮

숙소 앞에도 계곡이 있지만 다 자란 우리가 놀기에는 조금 얕은 감이 있었다. 우리는 물에 빠져 죽어도 이상하지 않을 만한 위험한 계곡을 찾고 싶었다.

우리는 계곡 탐험대가 되어 길이 닦이지 않은 돌 위를 넘어 다니며 물길을 따라 한참을 걸었다. 참고로 이때 정말로 죽을 뻔했다. 이끼가 쌓인 돌을 밟다가 제대로 넘어졌는데 불행 중 다행으로 머리는 박지 않았다. 엄마가 슬리퍼 좀 신지 말라고 매일 말하시던 잔소리가 귀에 와닿았다. 근래 살아 있다는 것에 큰 감사함은 느끼지 못했는데 너무나 감사한 순간이었다. 역시 나는 간사하다. 약 20분 정도를 걸으니 점점 깊어지는 물을 볼 수 있었다. 우리는 곧바로 가져온 병맥주를 계곡물 사이에 박아 두고선 너 나 할 것 없이 홀러덩 옷을 벗었다.

실은 기차에 오르기 전까지 조금 의심을 했다. 도망치듯이 나온 학교인데, 이번 여행을 학교 소속 무용단 동료들과 떠나는 것이 과연 내게 의미 있는 여행일까. 의미를 찾지는 않더라도 과연 행복한 도망이 될까. 내 도망의 이유에는 많은 것과 많은 곳이 있다. 그중 가장 큰 것과 곳은 학교라는 곳에서 뽑어져 나와 내게 도망이란 선택을 하게끔 했다. 이런 내 마음이 무안해질 만큼 이들은 나에게 말 없는 위로를 건네고 있더라. 그저 내 옆에 함께 있어 주는 것, 그저 나와 말을 나누는 것, 나를 물에 빠트리는 것, 내가 서울에서 삼켜온 것을 모두 토할 수 있게 술을 마셔주는 것. 모든 게 말 없는 위로였더라. 언제가 다시 너희와 함께 무대에 오르는 날이 온다면, 다시 그런 날이 내게 주어진다면 이 계곡으로 돌아와 몸을 적시고 과거를 안주 삼아 시원한 맥주나 실컷 마셔보자.

둘째 날, 밤

식사를 가볍게 라면으로 때운 뒤 미리 봐두었던 풀밭으로 향했다. J가 집에서 챙겨온 위스키 한 병과 안주로 먹을 각얼음을 잔뜩 챙겨 별과 함께 밤을 보낼 생각에 잔뜩 신이 났다. 다 같이 풀밭에 자리를 잡고 앉아 하늘이 어두워지기를 기다리는 중 조금 이상한 조짐이 몸을 감쌌다. "비다."

내가 이 말을 뱉고서 약 10초 정도 정적이 있었다. 하늘이 검게 물드는 게 아니라 먹구름이 해를 가리고 있었고 역시나 했던 예감은 항상 틀리지 않듯이, 잠시 후 장대비가 쏟아졌다. 멈출 기세가 보이지 않는 하늘을 보며 별을 보여 달라며 소리를 질러댔다.

기우제(祈雨祭)가 아니라 기청제(祈晴祭)를 지내고 있었다. 비는 멈출 생각이 없었고 하늘은 별을 보여줄 생각이 없었다. 뭐 별수가 있나. 우린 다시 옷을 벗었다. 씻고 나온 지 얼마나 됐다고 벌써 흠뻑 젖은 우리는 머리를 비우고 비를 맞았다. 한 명씩 돌아가며 위스키를 목구멍에 들이부었고 얼음을 씹어댔다.

이 광경을 아무도 보지 못해서, 아무도 영상에 담지 않아서 정말 다행이었다. 무용수들의 미친 춤사위와 비와 들판, 술을 생각해보라. 생각만 해도 아찔한 광경이다. 장관, 가관, 꼴 등등 다 들어맞는 그런 장면이다. 만약 지나가는 사람들이 보았다면 그냥 미친 사람들로 보이는 게 맞다.

어쩌면 내 동료들도 나와 같은 생각을 매일 하지 않았을까. 나는 일터를 버티지 못해 나왔지만, 이들은 매일 버티며 춤을 추는 게 아닐까. 나만 힘든 게 아니라 나 역시 힘든 것이고, 나만 낭만을 바란 게 아니라 이들도 항상 바랐던 게 아닐까. 별 대신 비는 여전히 아쉽지만, 때론 그저 낭만을 좇아가련다.

그렇게 살다 보면 어디서나 별을 보고 어디서나 비를 맞을 수 있을 테니까.

1시간을 넘게 비를 맞고 뛰어다닌 우리는, 서울로 돌아오는 기차에서 모두가 소매로 입을 가린 채 콜록거리고 있었더란다.

세상은 고통으로 가득하지만
그것을 극복하는 사람들로도 가득하다.

- 헬렌 켈러 -

말은 달콤하게, 퇴근길은 아름답게

오늘은 유독 새벽이 길게만 느껴진다. 지구의 자전이 너무나 느려진 거다. 체감 온도는 분명 영하, 춥지 않은 겨울이 찾아왔다.

흔히들 슬럼프에 빠졌다고 말한다. 무언가에 열중하여 노력해도 증진이 없거나 성과가 없다고 느낄 때, 우리는 슬럼프라는 늪에 빠져 자신을 혐오하거나 모든 것을 멈춘다. 나는 슬럼프라는 것을 오직 부정적인 단어로만은 보지 않는다. 나의 시각에서 보는 슬럼프라는 것은, 나무 한 그루에서 과실이 맺히기까지의 성장 과도기라 생각한다. 하지만 그러한 늪에서 홀로 빠져나오기란 코코넛 나무에 혼자 매달려 열매를 따는 것만큼 어려운 일이다.

슬럼프에 빠져 허우적거린 경험이 있는 이들은 그 늪이 얼마나 끈적하고 깊은 진흙으로 가득 차 있는지 알 거다. 보이지 않는 그림자가 몸 뒤를 따라오니, 우린 빛이 없는 시원한 그늘에서도 끈적하게 달라붙은 그림자의 유무를 느낄 수 있다. 이 늪에서 빠져나오는 방법, 즉 슬럼프를 해결하는 방법에는 몇 가지가 있겠지만, 나는 언어의 품격, 매력적인 언어가 지닌 힘에 대해 말하고 싶다.

말이라는 것은 우리의 생각보다 더 큰, 어쩌면 인간이 가진 힘 중에 가장 큰 에너지를 지니고 있다. 좋은 말하기는 늪에 빠진 이를 건져 올려주는 기다란 팔이 되기도 하고 상처가 난 마음을 위로하는 훌륭한 치료제가 되어주기도 한다. 말을 예쁘게 하는 사람에게 호감이 가는 것처럼 언어는 한 사람의 매력을 크게 좌우하는 결정적인 기준이 된다. 타인이 자신의 고통에 관한 이야기를 할 때, '다 그 정도는 감수하고 살아.'와 같은 말을 한 적은 없는가. 좋은 말하기는 공감에서 시작된다. 타인의 말을 이해하려 하고 그와 눈을 진심으로 바라볼 때, 입에서 나온 말이 악취를 지우고 그에게 자연스레 다가가 언어의 역할을 한다. 좋은 말과 매력적인 언어로 가득 찬 대화는 빠져나올 수 없을 것만 같았던 늪에서 밟고 나올 수 있는 발판이 되어주고 그에게 슬럼프는 성장의 계기가 된다. 물론 자신을 버리고 타인의 말에 기대라는 것은 아니다. 하지만 좋은 말하기를 할 줄 안다면 내가 늪에 빠질 때, 과거에 뱉었던 그 말이 결국 내게로 돌아와 손을 잡아줄 거다.

"나는 인간의 말이 나름의 귀소 본능을 갖고 있다고 믿는다. 언어는 강물을 거슬러 오르는 연어처럼, 태어난 곳으로 되돌아가려는 무의식적인 본능을 지니고 있다. 사람의 입에서 태어난 말은 입 밖으로 나오는 순간 그냥 흩어지지 않는다. 말을 내뱉은 사람의 귀와 몸으로 다시 스며든다." 이기주 작가의 『말의 품격』에 서술된 한 구절이다. 말이 귀소 본능을 지녔다는 말이 참 와닿지 않는가. 돌이켜 보면 저 구절과 같은 경험을 해본 적이 나름 적지 않다는 것을 느낀다. 누군가와 언쟁을 할 때 정말 답답하고 말이 도무지 통하지 않아 홧김에 욕을 하거나, 상처를 주는 말을 한 적이 종종 있다. 그 순간에는 내가 이긴 것 같아도 결국에 내가 뱉은 언행은 돌고 돌아 언젠가 내 귀로 들어온다. 쉽지 않은 말이지만 경청을 습관 삼고 말을 아껴 공감을 대화의 주로 삼으며 언어가 내 입을 떠날 때는 악취를 줄여야 한다. 매력의 가장 큰 기준은 누가 뭐래도 언어라 믿는다.

그렇기에 나는 이성을 볼 때나 동료를 구할 때, 가장 먼저 말하기를 중요시한다. 만일 내 배우자의 외모가 김태희와 쌍벽을 이룬다고 할지라도 매력적인 언어를 구사하지 않는 배우자의 곁으로 퇴근을 한다면 절대 그 퇴근길은 매력적일 수 없다. 앞으로 살아갈 우리의 퇴근길은 아름다울 의무가 있다. 연인이나 가족의 곁으로 돌아가 서로의 일상을 공유하며 그날의 감정을 서로 공감하고 보듬어주는 그런 저녁 말이다. 물론 그 이야기 속에는 치킨과 맥주가 함께여야만 한다.

나는 이 글을 쓰며 우울과 고통이라는 늪에 빠진 이들에게 위로의 말을 전하려 한다.

'쉽지 않은 세상에서 쉽지 않은 하루를 견디는 것도 벅찬데 사람에게까지 상처받는 당신의 삶은 참으로 어렵기만 합니다. 지금도 충분히 빛나고 잘하고 있다는 설탕 코팅된 말을 해줄 수 있는 사람은 아닙니다. 하지만 우리가 아픔을 겪는 이유는 사랑을 알았기에 고통도 느낄 수 있다는 말을 전합니다. 저는 타인이 제 고통을 가벼이 여길 때 제가 버텨온 시간을 모조리 부정당하고는 합니다. 값싼 언어에 저를 파는 멍청한 혐오에 빠지곤 했습니다.

악취가 진동하는 그들의 언어에 우리의 언어를 낭비하지 맙시다. 당신의 언어를 더럽히지 않았으면 합니다. 사랑을 알았던 우리가 사랑을 꿈꾸는 언어를 말해내고 소리치다 보면, 귀소 본능을 가진 사랑의 언어가 언젠가 당신 곁으로 오지 않을까요.'

누군가 우울과 고통을 말할 때, '행복해 보이던데. 잘 사는 것 같던데.'와 같은 말로 그들의 견뎌온 시간의 무게를 쉽사리 단정하지 말자. 그 가벼운 말 한마디가 한 사람의 선택을 바꾸게 할 것이고 그 선택의 파장은 호숫가에 일궈진 파동처럼 점차 강한 파동으로 인해 원치 않은 목적지로 물결이 향할 수 있다. 그런 말보다는 치킨에 맥주 한잔 마시러 가자는 단편적인 말이 때론 더 매력적인 법이다.

사라지고 싶다.
하지만 내가 사라져도 아무도 찾지 않을 것 같아서,
아무도 그리워하지 않을 것 같아서 오늘도 용기를 낼 수 없다.

낭만을 마시는 겁니다

낭만을 부를 때 곁에 두어야 할 요소들은 셀 수 없이 많다. 효율을 버리고선 감상을 일으키는 행위들은 눈에 잘 보이지는 않지만 보고자 한다면 눈에 보이기 시작한다. 스마트 워치를 내려 두고 심장 박동과 비슷한 소리를 울리는 아날로그 시계를 손목에 올리는 것. 검은 잉크가 박힌 종이책을 손에 쥐는 것. 벤치 의자 대신 풀밭 위에 앉는 것 등, 감상이 담긴 많은 것이 당신의 주변에서 숨을 죽인 채 머물러 있다. 나는 그러한 감상을 언제나 찾아내 마시려고 한다.

일이 없는 날 나의 하루는 주로 글을 쓸 장소를 물색하며 시작된다. 몇 달 전에는 아빠의 추천을 통해 망원동의 책 바에 다녀왔다. 아빠의 직장 후배가 퇴사 후 창업한 곳으로 책을 읽으며 술을 마실 수 있는 이색적인 곳이다. 바 안에 있는 소설책을 읽다 보면 등장인물이 칵테일을 마시는 장면을 종종 볼 수 있는데, 이때 등장인물이 마시는 칵테일을 바로 주문하여 마시면 소설 속에서 주인공과 함께 술을 마시는 기분이 든다. 계산하기 직전에 사장님께 아빠의 성함을 알려드리니, 바에서 판매하고 있고 사장님이 직접 지으신 책 한 권을 선물 받아 기쁜 마음으로 원고를 쓰고 돌아왔다.

시간이 조금 흐른 후, 지금으로부터 며칠 전 일이다. 한가로운 휴일, 나는 눈을 뜨자마자 서촌으로 향했다. 내 친구들은 내가 서촌에 거주한다고 오해할 정도로 서촌으로 자주 발을 올리는 편이다. 번화가 술집 거리같이 사람 많고 정신없는 광란의 술 축제가 이뤄지는 곳은 정말 딱 질색인 노인네 성향의 작자다. 경복궁역 근처의 한적한 카페에 들어가 30쪽 가량 남은 책을 마저 읽고서 노트북을 꺼냈다. 여기서 문제가 발생했다. 전원 버튼을 누르고 한글 파일을 열자마자 곧바로 화면이 눈을 감는 것이다. 나오기 전 분명 충전기를 꽂아뒀는데 아마 어댑터나 코드에 문제가 있었던 것 같다. 어처구니가 없는 웃음이 입술을 비집고 새어 나왔다. 멍청한 표정을 지으며 허공을 응시하다 묘수 하나를 떠올렸다. 이곳에서 도보로 15분가량 떨어진 광화문역에는 교보문고가 있다. 마침 읽을 책도 없던지라 새로운 책을 구매하기 위해 곧바로 교보문고로 향했다.

묘수를 발견했다가도 금세 다른 위기가 덮쳐 오는 우리네 삶처럼, 원래 되는 건 잘 없다. 한 시간이 넘게 서점을 둘러 보아도 도무지 구미가 당기는 책이 보이지 않았다. 내가 책을 고르는 방식이 남들과는 조금 다를 수 있겠다. 일단 나는 당연한 소리를 예쁜 말로 포장해 떠벌리는 산문을 정말 싫어한다. 물론 나는 글이라는 걸 업으로 삼겠다고 남들한테 다짐한 지 얼마 되지 않은 애송이지만 그런 내가 봐도 한심한 책이 많다. 젊은 세대를 겨냥한, 겉만 번지르르한 책이 베스트셀러 도장을 달고 있을 때면 속에서 불이 솟구친다. 저런 것도 작가냐고 욕을 하고 싶지만 어쨌든 나는 쓸 수 없는 글을, 아니 쓰지 않는 글을 소비자층을 확실히 정해 목표를 달

성한 작가를 욕할 수는 없는 노릇이다. 이미 욕은 한 것 같지만 말이다. 책을 읽다 화가 난 경험이 많아 잠시 흥분했다.

본론으로 돌아와, 내가 생각하는 산문은 작가의 생각과 인생이 담긴 경험을 사들여 지면을 통해 작가와 대화하는 수단이라 생각한다. 따라서 책을 고를 때, 맨 앞 지면에 있는 프롤로그와 맨 뒤에 있는 에필로그를 읽으며 작가가 풍기는 고유한 향과 색이 느껴진다면, 그 책은 읽을 가치가 큰 책일 확률이 높다. 지극히, 아주 지극히 나만의 개인적인 의견이다. 혹여나 책을 통해 배울 게 없더라도 한 작가가 진심을 담아 적은 삶을 읽을 수 있다는 건, 그저 달콤한 말로 위로하는 책과는 비교할 수 없는 값어치의 책이라고 말한다.

매력적인 향을 풍기는 책을 찾기 위해 한참이나 둘러보던 중 손에 수첩과 펜을 쥔 남자가 말을 걸어왔다. 젊은 세대의 독자들을 취재하고 있다며 내게 잠시 시간을 내어줄 수 있겠냐 물었고 어차피 읽을 책도 없었기에 흔쾌히 수락했다.

나는 30분이 넘도록 신나게 침을 튀겨가며 떠들어댔다. 예술과 책에 대해 질문하는 그에게 전부 비관적인 말로 답을 채웠지만, 속에 있던 한이 침에 섞여 밖으로 새어 나오는 기분이 나름은 상쾌했다. 그가 한 마지막 질문이 생각난다.

"청춘에게 가장 필요한 것은 무엇인가요?"

"고통 속에서 낭만을 찾을 수 있는 지혜와 그를 함께 할 사랑이 아닐까요?"

서점에서 밖으로 나와 경복궁역 근처의 골목을 걸었다. 골목의 끝자락에 다다르니 자그마한 바가 하나 있었다. 어두운 조명과 안에서 풍기는 향냄새에 이끌려 문을 열었다. 내부에는 일자로 길게 놓인 바 형식 테이블과 4인용 테이블이 놓여 있었다. 구석을 좋아하는 습성을 발휘해 곧바로 바 테이블의 왼쪽 구석에 자리 잡고 메뉴를 살펴보았다. 이 무슨 우연인지 메뉴에는 '극락'이라는 메뉴가 있었다. 맥주 한 잔에 테킬라 두 잔을 섞어주는 메뉴인데 가격도 정말 저렴했다. 강하게 쏘아대던 향냄새로 인하여 후각이 조금씩 무뎌질 때쯤 주문한 '극락'이 나왔다.

한 모금 크게 들이키니 정말 자칫 잘못하다간 저승에 갈

수 있겠다는 생각이 들었다. 이름 하나 잘 지었다는 생각을 했다.

극락을 석 잔이나 마시니 정신이 몽롱했다. 강하게 피워대는 향 때문인지, 테킬라 때문이지는 잘 모르겠지만 이곳이 마음에 쏙 들었다. 바텐더인 매니저님은 내가 세 번째 잔을 들이킬 때부터 말을 걸어왔다. 가게가 한적해 매니저님과 대화를 오래도록 나눌 수 있었다. 오늘 교보문고에서 있던 일을 말해주었고 서로 좋아하는 책을 소개해주었으며, 결국 네 번째 잔을 손에 쥔 채로 테이블에 머리를 박았다.

나는 이날 이후로 같은 주에 무려 세 번을 더 다녀왔다. 어느덧 단골이 되었고 바의 매니저 형과 꽤 가까운 사이가 되어 공짜로 술도 마시게 되었다.

학원에서 수업을 마친 뒤 경복궁역에 도착하면 골목에 놓인 수많은 연등이 불을 밝히며 나를 안내한다. 바에 도착한 후 형과 소소한 이야기를 나누다 손님이 뜸해지면 밖으로 나가 연등을 보며 함께 담배를 태운다. 꽤나 허상을 그리고 야망을 꿈꾸는 우리의 대화는 소리 없는 울음처럼 보였고 우린

낭만을 마시는 거라며 매니저 형이 내어주는 독주를 단숨에
들이켰다.

버틸 수 있다는 것은

하나의 생명은 하찮고 볼품없었던 작은 씨앗으로부터 탄생해 새순을 틔우며 성장하다, 세찬 비바람에 흔들리기도 하고 쓰러져 눕기도 한다. 그 아무것도 아닐 것 같던 작은 씨앗은 누가 가르쳐주지도 않은 계절의 변화에 떡잎을 밀어 올리고 비바람을 견뎌내며 단단한 마음과 유연한 몸짓을 익혔다. 세월을 견뎠던 껍데기는 다시금 마모되며 자연 속 일부로 스며든다.

생명이라면 거스를 수 없는 절대적인 흐름. 노화와 늙음이라는 것. 나이를 먹을수록 약해지는 몸은 정신을 무너뜨리고 젊은 날의 내 모습을 추억하다 돌아갈 수 없는 현실을 겪곤 그 절대적 사실을 부정한다. 노화로 인해 세포가 죽어 몸이 약해진다는 사실적 이야기를 하기보단, 이 시간의 흐름 안에 들어온 우리가 생명에게 주어진 늙음이란 사실을 부정이 아닌, 버팀을 할 필요가 있다는 말을 하고자 한다.

불과 수년 전에는 늙고 싶지 않다는 생각을 많이도 했다. 영원히 젊은 나이로 살고 싶었고, 영원히 청춘에 머물고 싶었다. 공평하게 주어지는 시간은 날 움직이게 하였지만, 성숙을 대가로 내 정신을 조금씩 앗아갔다. 미숙한 연륜이 쌓이며 내가 깨달은 진리는 너무도 단순했다.

모두가 같이 늙는다는 것.
동시대의 사람들이 같이 늙는다는 것.
내가 살았던 시대를 함께 돌아볼 사람들이 있다는 것.
함께 우리의 시대를 이야기할 친구가 있다는 것.
같이 늙어 갈 사랑하는 존재가 있다는 것.
새로이 탄생하는 생명이 있다는 것.
그 생명이 나의 과거를 닮았다는 것.

나는 생각했다. 동시대의 사람들이 함께 늙어가기에 우리는 늙음이라는 불변의 사실을 견딜 수 있을 거라고. 만약 어느 날 내게 영생이라는 권능이 주어진다면 그 권능은 곧바로 저주로 변질이 될 것이다. 나의 시대에 함께 했던 이들이 시간이 지나 삶이 끝나는 날에는 나의 시대를 기억하고 함께 나눌 이 역시 사라진다. 사람에게 시대란 그런 거다. 살아갈 때는 느낄 수 없지만, 지나고 보면 언제나 청춘인 것. 영원한 삶이 있다 해도 과거와 미래를 함께 할 동시대인이 없다면, 나의 시대는 결단코 존재할 수 없는 것.

나는 연예인들이 삶을 포기하고 별이 되었다는 기사 소식에 귀를 크게 기울인다. 유명인이라는 부담감과 억울함 속에 자신의 존재 이유를 부정하고 결국은 끝내 죽음을 택하는 그런 사람. 너무도 안타까운 이야기다. 최근 우리를 떠났던 많은 별은 우리의 삶 속에 있었지만, 그들의 시대 속에도 우리가 있었다. 그들은 우리를 볼 수 없지만, 우린 그들의 찬란히 빛나는 모습을, 그들이 늙어가는 모습을 매체를 통해 볼 수 있었다. 그들의 시대 속에서 살아가며 그들이 주는 위로와 감동을 전해 받았고 또 그들이 별이 되었을 때 나는 나의 한 시대가 끝이 났다고 생각했다. 그들에겐 함께 늙어갈 친구가 없던 게 아닐 것이다. 함께 늙어갈 사랑하는 존재가 없던 게 아닐 것이다. 단지 그들이 우리에게 주었던 거대한 시대에 비해 자신들의 시대는 너무도 좁고 푸른 생명이 없던 마른 땅이지 않았을까.

약하고 부드러운 껍데기를 지닌 작은 생명은 얇고 작은 바늘에도 생채기를 얻어 염증이 생기고 작은 온도 변화에도 몸의 구심점을 잃어 목숨을 잃는다. 언젠가 내 껍데기가 버틸 수 없는 충격을 받는다면 나의 껍데기는 부서지고 말 거다. 다만 내가 가장 약해진 순간에도 빛을 찾아 헤맨다면 이 시기는 생명에게 개화의 시기로 다가올 것이다. 갑각류가 껍질을 벗고 더 단단한 껍질을 만드는 것처럼, 파충류가 비늘을 벗고 새로운 비늘을 얻는 것처럼 말이다.

단단한 껍질을 가져도 성장을 위해 탈피하는 순간에는 아주 작은 칼날에 베어 피가 나고 작은 충격에도 목숨을 잃을 수 있다. 하지만 그 순간을 버텨낸다면 크고 강한 성체로 자라날 기회를 얻게 된다. 고통을 이겨내고 넘어져도 다시 한번 일어서다 이제 더는 움직일 수 없을 만큼 힘을 잃었을 때, 그때가 바로 인간이 원래 쓰던 껍데기를 버리고 더 큰 그릇을 만들며 쉽게 다치지 않는 껍데기를 부화하는 시기다. 삶은 선택의 연속이 아닌, 내 선택으로 인한 결과를 버티고 버텨내는 버팀의 연속인 것. 죽을 듯 버텨내면, 나에게 시간을 대가로 지혜를 주는 것.

난 아직 생명과 죽음을 논하기에 이르고 어리다. 나보다 긴 세월을 살았던 이들이 택한 죽음에 내 언어는 그들을 설득할 힘이 없다. 나와 다른 환경 속에서 무너졌던 이들을 이해할 여유가 내겐 없다. 다만 나의 언어는 우리의 주변에 머물러 이 순간에도 늙어가는 우리에게 힘이 될 것이다. 이 글은 공기 중 어딘가에 떠다니는 작은 꽃의 씨앗이 될 것이다. 우리의 찬란했던 과거를, 혹은 지금을 함께할 동시대의 우리는 언제나 버텨낼 거다. 그리고 서로가 있기에 우리의 고통을 함께 견디며 단단한 껍데기를 만들어 낼 거다. 이 글을 읽는 여러분 역시 나의 시대에 들어왔고, 당신들의 시대에 내가 있어 난 글을 아주 사랑하며 쓸 수 있을 것 같다. 이 사실은 나의 시대를 영원히 밝게 비출 거라고 믿어 의심치 않는다.

동시대를 살아가는 우리기에
서로를 보듬고 아껴주며 아름다운 삶을 함께 만들어가야 한다.
이 짧은 인생이란 페이지에서 그러지 않을 이유가 없다.

내 인생 가장 찬란했던 춤사위

인생의 사진첩에 있는 여러 장면 중 유독 짙은 색으로 인쇄되어 잊히지 않는 강한 향수를 부르는 장면이 있을 거다. 나에게 있어 그 장면은 예술의 신념이 뒤틀릴 때마다 갈래였던 길을 하나의 곧은 방향으로 이끌어준다.

그러한 말을 들어본 적이 있을 것이다. 사람의 눈빛만으로도 그 감정은 더할 나위 없이 전해진다는 말. 난 이를 몸소 느꼈다. 아주 강하게 말이다.

때는 네덜란드 암스테르담에 무용수로서 워크숍에 참여하러 3주간의 여정을 떠났을 시기다.

딱 기분 좋은 햇빛을 받으며 소파에서 일어났다. 전날 저녁에 마시다 남긴 테이블 위의 사과주가 향긋하게 코끝을 간지럽혔다. 우리가 지낸 숙소는 유럽의 표정을 잔뜩 머금었다. 하얀 벽지에 넓은 대리석 거실, 어두운 갈색의 에스프레소 머신과 초록색이 가득한 테라스. 매일 아침 쿠키와 함께 직접 내린 따뜻한 커피를 마시고 넓은 정원을 눈에 담으며 시작하는 하루였다. 그렇게 가벼운 아침 식사를 마치고 점심으로 먹을 샌드위치를 만든다. 통밀빵에 딸기잼을 바르고 베이컨을 한 장 넣어 은박지에 감싼다. 유럽의 물가를 감당하려면 귀찮아도 도시락을 챙기는 편이 좋다. 빈털터리로 한국에 돌아가고 싶지는 않았다.

나갈 채비를 마친 후 자전거를 끌고 숙소를 나선다. 워크숍을 진행하는 스튜디오까지는 도보로 40분, 자전거로 15분이 소요된다. 오늘은 금요일. 자전거를 타는 요일이다. 나만의 네덜란드 규칙이었다. 시간상으론 자전거가 월등히 빠르나 화요일, 목요일에는 도보로 이동하자는 것이다. 걸으며 운하에서 보트를 타는 사람들과 눈을 마주치고 유럽의 멋진 풍경을 눈에 더 담기로 했다. 암스테르담은 운하가 발달된

도시로 가는 곳마다 아름다운 운하가 함께하고 있다. 대낮부터 요트 위에서 술을 마시며 춤을 추는 사람들을 쉽게 볼 수 있는데, 무용 워크숍을 하러 가는 길에 그들을 볼 때면 부러워서 미치고 팔짝 뛸 지경이었다. 무용수인 내가 초라해지는 순간이다. 나도 언젠가 저런 요트에서 막춤을 추고 말겠다는 다짐을 삼키며 스튜디오로 이동했다.

아마 무용을 전공한 사람이 아니면 무용 워크숍이 어떤 것인지 알기 어려울 거다.

많은 장르의 워크숍이 있지만, 암스테르담에서 열린 워크숍은 몸을 훈련하는 테크닉 수업과 즉흥 수업으로 이루어졌다.

무용수들은 무대에서 좋은 춤을 선보이기 위해 매일 같이 테크닉 수업을 하며 신체의 기능을 단련하고, 즉흥적으로 이루어지는 몸의 반응과 체계를 연구하여 즉흥성을 키우는 연습을 진행한다. 그날 오후에 있던 즉흥 수업은 나에게 평생 잊지 못할 오묘한 감정을 선물했다.

수업이 시작됐다. 삼십여 명 정도의 무용수가 하나의 큰 스튜디오 안에서 자유 즉흥을 시작했다. 여기서 자유 즉흥이란, 무용수들이 아무런 제약 없이 즉흥을 하며 무엇을 해도, 무엇도 하 지 않아도 허용되는 즉흥이다. 대개 자유 즉흥 속에서 무용수들은 자신의 움직임을 관찰하고 탐구를 하거나 주변 무용수들과 신체를 접촉하며 움직인다. 또한, 이렇게 불특정 다수가 모인 워크숍에서는 본인의 기량을 뽐내려는 무용수들도 여럿 있다. 즉흥이 시작되고 난 3분여간 홀로 걸어 다녔다. 기운이 맞는 사람을 찾고 싶었고 그와 춤을 추고 싶었다. 그러던 중 에메랄드 바다와 같은 눈동자를 지닌 무용수와 마주쳤다.

마주 보았다.
내 근육은 움직임을 멈췄다.
움직일까.
아직 아닐까.

내 머릿속은 복잡했다. 무언가 하고 싶었지만 서로 눈을 바라보고 서 있는 시간이 너무나 소중했다. 또 그녀의 즉흥을 방해하고 싶지 않았다. 내가 온전히 이 시간과 공간을 느끼고 싶어 하는 만큼 그녀 역시 마찬가지일 터이니 말이다.

시간이 조금 흘렀다.

주변의 많은 무용수는 화려한 기교를 뽐내며 춤을 추고 있다. 아니 움직이고 있다. 누군가는 서로의 몸을 맞대며 살결을 비볐고 누군가는 육성으로 소리를 내며 다른 무용수들에게 불편한 자극을 주었다.

난 아직 넓은 스튜디오 한가운데 멈춰서 그녀의 눈을 바라보고 있었다.

10분 정도가 흘렀다.

아직 우린 그 자리에 작은 미동도 없이 멈춰 서 있다.

먼 타지에서 처음 만난 그녀의 눈빛은 오랜 추억을 가진 옛 친구를 만난 듯이 애틋한 눈빛을 지녔다. 슬퍼 보였고 무언가 내게 말하고자 하는 것 같았다.

15분 정도가 흘렀다.

처음이었다. 한 사람의 눈을 이렇게 오랜 시간 보고 있던
것은. 심지어 타지에서 처음 만난 한국인이 아닌 사람의 눈
을 본 것은.

점차 그녀의 눈시울이 붉어져 갔다.
반짝이던 에메랄드가 붉어져 갔다.

곧이어 나의 눈에도 물기가 오르기 시작했다.

우리를 제외한 모든 무용수는 너무나 동적이었고 그녀와
난 너무도 정적이었다. 하지만 우리의 눈은 무엇보다 동적이
었고 백 마디의 말보다 더한 위로와 감정을 나누었다.

약 20여 분이 흐르고 나서야 즉흥을 종료하는 알람이 울렸
다. 그녀와 난 그제야 삐져나온 눈물을 소매로 닦으며 별다
른 말 없이 서로를 바라보다 각자의 자리로 돌아갔다. 그 여

운은 쉽게 가시지 않았다.

숙소로 돌아왔다.

캄캄해진 숙소 앞 테라스에 앉아 사과주를 홀짝이며 낮의 기억을 되새겼다. 그녀의 눈빛을 떠올렸고 주변의 무용수들을 기억했고 눈에 맺힌 물방울을 머릿속에 간직했다.

다음 날 오전, 스튜디오 앞에서 그녀와 마주쳤다. 그녀는 아주 밝은 얼굴로 내게 인사를 건네며 말을 붙였다. 내 이름을 어찌 알았는지 해맑은 미소로 "ji min!"이라고 부르며 날 멈춰 세웠다.

"Can I hug you?"
"Sure."

우리는 서로를 잠시 껴안고서 대화를 나눴다. 그녀는 내게 너무나 특별한 경험이었다며 말했다. 왠지 모르게 우울해 보이는 내 눈을 보니 멈추고 싶었고 움직일 수 없었다며 조심스레 전했다. 나 역시 동감의 뜻을 전했다. 더 많은 이야기를 나누고 싶었지만, 나의 짧은 영어 이슈로 간단히 대화를 마쳤고 옅은 미소를 띠며 배웅했다. 그녀에게도 내 마음이 전해졌기를.

　난 그녀와 나누었던 즉흥을 다시금 느껴보기 위해 한동안 한국에서 진행되는 즉흥 워크숍에 다수 참여했었다. 하지만 즉흥은 내가 과거에 느꼈던 어느 감정을 재연하려는 순간부터, 이미 그는 즉흥이 아니게 된다. 당연하게도 암스테르담에서 느꼈던 순간을 찾아볼 수는 없었다. 그녀가 그리워지는 오늘이다. 오늘 밤은 이 적막이 유독 쓸쓸하게 느껴진다.

　'가끔은 말보다 눈을 통한 대화가 더 진실로 느껴질 때가 있습니다. 우리의 눈은 서로를 탐구하며 의심했고, 시간이 흐르며 서로를 존중하고 위로했으며 어쩌면 아주 짧은 찰나의 사랑을 느꼈을 겁니다. 춤은 신체를 사용하여 감정을 담아내고 이야기를 풀어갑니다. 나의 눈 역시 내 신체의 일부입니다. 난 그날 조금도 움직이지 않았지만, 그 어떤 춤보다 아름다운 춤을 추었다고 말합니다.'

암스테르담 숙소 정복기

    모든 워크숍 일정을 끝내고 귀국까지 이틀의 시간이 남은 시점이었다. 바쁜 수업 시간으로 인해 암스테르담의 시내 탐방은 그림의 떡인 말이고 음식이라곤 스튜디오 근처 레스토랑에서 파는 피자와 초밥이 전부였다. 피자는 냉동 제품을 팬에 데워 낸 느낌이 강했고 초밥은 뭐, 그냥 비렸다. 끔찍했던 워크숍 일정 동안 난 자유의 이틀만을 기다렸다.

    워크숍 일정 동안 묵었던 숙소는 살면서 가봤던 어떤 곳보다 호화로운 숙소였다. 네덜란드의 5인 가족이 실거주하는 집으로, 우리처럼 장기 대여를 희망하는 그룹이 숙소비를 송금하면 집을 비워주고 송금받은 대여비로 여행을 떠나는 집인 듯했다. 아주 현명한 여행 자금 마련책이라는 생각이 들었다. 그런데 정말로, 정말로 비싸다. 집이 좋은 만큼 상상치도 못할 금액이다. 본론으로 돌아와서 나를 포함한 댄서 다섯은 이 집을 한 번도 누리지 못했다. 아침 8시에 집을 나서고 일정을 마친 후 귀가하면 오후 7시가 넘는다. 장을 보고 돌아오는 날에는 저녁 8시가 훌쩍 넘는다. 급하게 저녁을 차린 후 밥을 먹고 씻으면 오후 10시가 조금 넘는다. 거의 모든 끼니는 라면과 삼겹살로 해결했다. 뭉친 근육을 빠르게 풀고 빨래를 널어둔 후 내일 일정을 위해 급히 잠을 청한다. 그리고 오전 6시 30분에 기상하며 하루를 반복한다. 입시생과 같은 살인적인 일정을 소화하느라 거금을 내고 대여한 이 궁전 같은 숙소를 제대로 누리질 못했다. 하지만 이젠 다르다. 드디어 자유의 날이, 따뜻한 해가 우릴 비춘 것이다.

우리는 이른 아침 눈을 뜨자마자 넓은 거실에 우두커니 서 있는 둥근 식탁에 모여 앉았다. 수제 와플을 하나씩 앞접시에 두고선 샴페인을 열었다. 내 기준 오른쪽에선 유럽의 햇살이 통유리창을 뚫고 들어와 우리의 얼굴을 어루만졌고 아픈 허리를 달래가며 샴페인을 빠르게 비우기 시작했다. 비싼 샴페인이 혀에 닿으니 매일 밤 방안에서 마시던 21도짜리 사과주는 곧바로 기억에서 사라졌다. 원래 나는 술을 병째로 마시는 버릇이 있다. 유리병에 담긴 술이라면 잔을 쓰지 않고 병에 입을 갖다 대고 단숨에 목젖을 향해 붓는다. 그간 내가 저렴한 포도주와 과실주만 마셔서 잔에 따라야 하는 이유를 체감하지 못했던 것 같다. 이 값비싼 샴페인은 도무지 병에 입을 댈 수가 없는 맛이었다. 우물 안 빈털터리 개구리가 비싼 술맛을 알아버린 날이다.

　어릴 적부터 알고 지내던 누나가 한 명 있다. 아주 예전에 무용을 갓 시작했을 당시 파주의 무용 학원에서 잠시 만난 누나였는데, 같은 대학의 선후배 사이를 지나 이곳 네덜란드에서도 동료로서 함께 땀을 흘렸다. 운명이라면 운명이고 인연이라는 소리다. 아침을 먹고 낮잠을 자려는 나에게 이틀 남은 유럽 생활을 잠에다 쓰는 건 바보들이나 하는 거라며 내 옷을 붙잡고 강제로 끌고 나갔다. 피곤하다며 칭얼대는 나에게 잔소리를 어찌나 쏟았는지 엄마가 따로 없었다.

그렇게 근처 공원과 강변에서 산책을 마치고 숙소에서 도보로 30분 거리에 있는 레스토랑의 야외 테이블에 앉았다. 뇨키를 먹어본 적이 있냐고 묻는 누나에게 나는 그런 이상한 음식은 먹을 수 없다고 강하게 고개를 저었다. 그림만 봐도 작고 동그란 럭비공 같은 게 딱 이상했다. 누나는 내 말을 무시하곤 뇨키 한 접시와 소고기 스튜를 주문했고 직원에게 독주 두 잔을 추천받아 주문했다. 심술이 잔뜩 났다. 난 숙소 테라스에서 맥주나 마시며 책을 읽다가 졸음이 오면 바로 눈 위에 책을 올려두고 낮잠에 빠지는 그런 황금 같은 고급 숙소 누리기를 하고 싶었단 말이다. 인상을 잔뜩 찡그리곤 음식이 나올 때까지 쉬지 않고 담배를 물었다. 참고로 유럽 대부분의 야외 식당에선 담배를 피워도 문제가 없다.

30분 정도를 짜증과 함께 기다리니 음식이 나왔다. 시뻘건 고깃국과 크림소스에 버무린 동그란 밀가루 덩이가 보였다. 뇨키를 좋아한다던 누나는 아주 맛있는 뇨키라며 내 입에 뇨키를 찍은 포크를 밀어 넣었다. 부드러운 크림소스가 식도를 타고 지나가면 감자옹심이 같은 맛이 혀를 감쌌다. 뇨키가

뭔지도 몰랐던 저 날의 나는 생소한 음식에 돈을 쓴다는 사실이 마냥 싫었지만, 생각보다 맛나서 화가 사라졌던 기억이 난다. 소고기 스튜는 향신료 향이 강했으나 나름 매콤한 게 괜찮았다. 나를 억지로 끌고 나간 누나에게 고마워지는 순간은 지금부터 나오는 이야기로 시작이 된다.

음식이 나오고 5분 정도가 지난 후 매니저 명찰을 달고 있는 한 직원이 밝은 미소와 함께 술병을 들고 테이블에 찾아왔다. 자신이 즐겨 마시는 술이라며 스트레이트 잔에 주황색의 술을 따라주었고 동시에 달콤하고 쌉싸름한 버터 향이 코끝에 닿았다. 한 모금 넘기니 처음엔 버터 맛이 혀를 부드럽게 감싸다가 다 넘긴 뒤 날숨에서는 진한 알코올 냄새가 코를 때렸다. 도수를 물어보니 35도의 독주였다. 우리는 아주 만족하며 식사를 했고 버터 맛이 나는 술을 두 번이나 더 주문했다. 그런데 직원은 우리에게 돈을 받지 않고 술을 따라주었다. 자신이 추천한 술을 환장하며 마시는 우릴 보며 기뻤는지 서비스로 내어주는 술을 따를 때도 그녀는 밝은 미소를 보였다. 네덜란드에도 한국의 정이 있나 싶었다. 'BTS'의

여파라고 믿는다.

식사가 끝나갈 때쯤 누나와 나는 가지고 있는 현금을 몽땅 꺼내 팁을 건네주었다. 한화로 약 4만 원가량 되는 적지 않은 금액이었지만 그녀에게는 아깝지 않은 금액이었고 나를 끌고 나온 누나에게 고마워지는 순간이었다. 그녀는 팁을 받으며 환한 웃음과 함께 다른 직원들과 나눠서 쓰겠다며 연신 감사의 인사를 표했다. 그런데 여기서 끝이 아니다. 그녀는 우리에게 술병의 라벨을 보여주며 동시에 손가락으로 건너편의 주류 상점을 가리켰다. 버터 맛 술에 흠뻑 빠진 우리에게 술의 출처를 알려준 것이다.

누나와 나는 눈빛을 주고받고 곧바로 주류 상점으로 향해 그 술을 사 들고 숙소로 돌아왔다.

숙소에 돌아오니 누나와 나를 제외한 다른 동료들은 반 고흐 미술관으로 향할 준비를 하고 있었다. 술은 가방에 숨긴 채로 우리는 가지 않겠다며 열심히 고개를 저었다. 다섯이 나눠 먹기엔 솔직히 아깝다는 생각이 먼저 들었고 숙소 누리기에는 둘이 딱 적당하다. 동료들이 나간 뒤 우리는 버터 맛 술과 스트레이트 잔, 얼음, 복숭아, 스피커를 챙기고 곧장 테라스로 향했다. 해는 조금씩 모습을 숨겼고 음악은 조금씩 커졌다. 여담으로 독자들에게 내 팁을 말하자면 독주를 마실 때 술과 얼음을 한 잔에 섞는 것보단 얼음을 입에 머금고선 스트레이트로 마시는 방법을 추천한다. 얼음 한 알을 입에 물고 술을 넘긴 뒤, 입에 있는 얼음을 씹어 먹거나 녹여 먹으면 간단하면서 가벼운 꽤 괜찮은 안주가 되어준다. 다이어트를 할 적에 자주 애용하던 방법인데 이젠 습관이 되었다.

우리는 어두운 유럽의 밤을 보며 금세 한 병을 다 비웠다. 무용수의 길을 열심히 뛰던 그 시절의 나는 누나와 춤에 대한 고민만을 나누며 오르는 취기에 몸을 실었다. 그저 음악에 몸을 놓았다. 흐르는 음악 속에서 우리의 대화는 점차 줄었고 코에 맴도는 버터 향과 얼음을 씹는 소리만이 테라스를 채웠다.

이 글을 적으며 저 날의 암스테르담의 향기가 참 그리워졌다. 매일 같이 땀을 흘리며 함께 몸을 비볐던 동료들이 그립기도 했고 이제는 홀로 춤을 추고 홀로 글을 쓰는 내가 외로워 보이기도 했다. 저곳의 향기는 참 애틋하다. 버터 냄새가 코에 닿을 때면 난 애틋한 저 날의 시절이 떠오른다. 낮잠을 자지 못하게 한 누나가 생각나고 레스토랑 직원이 떠오르고 숙소가 아른거린다. 참 힘들었던 저곳은 참 애틋하다. 추억하고 싶지 않고 돌아가고 싶지 않은 기억이라고 장담했지만, 추억할 거리만 잔뜩 적고 있는 것을 보니, 난 아직 추억에 매달려 하루를 사는 사람인가 보다.

　추억이 추억으로 일컬어지기 위해서는 회상 속 감상이 푸념이나 후회가 아니어야 한다. 긴 시간이 흘러 나이가 차면, 젊은 날의 추억을 먹고 산다는 말이 있는 것처럼 사람에게 좋은 추억을 만드는 일은 큰 가치를 지닌다. 매일 같이 반복되는 수많은 하루 중인 오늘도 특별할 것 하나 없이 지나가고 있지만, 언젠가 암스테르담의 날씨, 풍경을 떠올리며 글을 적는 이 순간을 추억하는 날이 다시 오지 않을까. 하루 속을 회상하면 온전히 누리지 못하고 지나간 기억들이 숨어 있다. 찾아낸 기억에 색채를 더하며 살아간다면 어느샌가 추억이 추억으로 불리고 있을 거다. 나는 그렇게 하루를 추억하려 애쓴다.

많은 시간이 흐르고 나면 기억하고 싶지 않았던 순간 속에도
숨어 있던 한 줄기의 빛이 우리를 맞이한다.
그 빛을 찾아내는 일은 언제나 우리의 몫이다.

설렘을 찾고 싶은 날

춤을 추며 가장 많이 들었던 말은 애석하게도 돈에 관한 타인의 의문이다. 많은 순수 예술업계 종사자들은 공감할 말이다. 예술을 전공해서 돈은 어떻게 버냐는 질문을 들을 때면 가슴이 미어지기도 하고 또 동시에 순수 예술가도 돈을 잘 벌 수 있다며 자존심을 치켜세우는 어리석은 대답을 하는 나를 볼 수 있다. 많은 돈을 벌기 위한 목적으로 예술을 하지는 않지만, 왠지 돈을 잘 벌 수 있다고 말해야만 내 예술의 긍지를 지킬 수 있을 것만 같았다.

나는 고등학교 3학년 시절부터 학생들을 가르쳤다. 좋은 기회를 얻어 남들보다 3, 4년은 일찍 선생의 일을 시작했고 그 경험을 계기 삼아 다행히도 지금까지 아이들을 지도하고 있다. 내 대학 입시를 준비하며 다른 아이들을 가르치는 일은 심히 무리가 되는 일이었다. 매일 10시간가량 춤을 추었고 학교 수업이 끝나면 버스를 타고 신촌으로 향했다. 신촌의 한 학원에서 예고 입시를 준비하는 학생들의 수업을 마치고선 항상 학원 근처의 국밥집에서 순댓국을 먹었다. 수업료로 벌었던 하루 일당 5만 원은 내가 벌었던 첫 돈이었다. 처음으로 수업료가 계좌에 들어온 날에는 특별히 순댓국과 수육 한 접시를 시켜 먹었다. 그 기억 때문인지 나는 아직도 수업 후에 순댓국을 즐겨 먹는다. 압구정역에서 수업을 마치고 배가 허전한 날에는 여전히 순댓국을 먹지만 대부분 소주를 걸친다. 춤으로 돈을 처음 벌었던 열아홉 살의 기억에는 순댓국 냄새가 묻어 있다.

대학교 2학년 시절인 불과 몇 해 전의 일이다. 평소와 같이 학교에서 시키는 공연을 하고 울상으로 아이들을 가르치며 지내던 어느 날, 한 작곡가가 SNS로 연락을 해왔다. 대중음악은 아니고 클래식 음악을 현대적인 관점으로 해석하여 곡을 만드는 작곡가였는데 자신이 발매하는 곡 뮤직비디오에 주연으로 참여해 달라는 연락이었다. 의문이 들었다. 당시의 나는 고작 대학생 나부랭이였고 촬영이라고 해봐야 간단한 무용 프로필 촬영이 전부였다. 하지만 그는 내 이미지가 마음에 든다며 꼭 하고 싶다는 말을 전했고 또 당시 나에겐 거금이었던 출연료에 혹해 촬영 날을 잡았다. 며칠 뒤 계획서를 받아 읽어보니, 주연 수준이 아니라 나 혼자 등장하는 솔로 뮤직비디오 촬영이었다. 킬러의 역할이었는데 춤뿐만 아니라 상당한 분량의 연기 장면도 소화해야 했기에 초짜 무용수에겐 어려웠던 작업이었다.

촬영 당일, 촬영 감독님 두 분, 작곡가 한 분, 엔지니어 한 분으로 나 포함 총 다섯이서 7시간이 넘게 촬영을 진행했다. 의상 셔츠는 땀에 젖어 속이 비쳤고 선풍기로 젖은 머리를 말려가며 진행했다. 다행히도 만족하는 결과물이 나와 막차가 끊기기 전에 촬영이 끝났다. 이날 이후로 다양한 종류의 촬영을 진행했다. 유명한 가수와도 촬영을 수차례 해봤는데 이건 내 취향이 아니었다. 많은 이유가 있었지만 여기서는 기재하지 않겠다. 돈에 얽매이지 않고 예술을 하고 싶다며 소리치고 다녔는데 어째서인지 이런 글을 적고 있다. 과거를 회상하는지, 아니면 그리워하는지 잘은 모르겠지만 적어도 지금 돈 때문에 힘든 건 확실해 보인다.

나는 지금도 비슷한 삶을 산다. 하지만 모든 곳이, 모든 것이 그렇듯 나보다 이런 일을 더 잘 해내는 후배들은 매년 등장하고 무용이라는 것과 남에게 나를 보이는 일에 열정을 잃어가는 나는, 조금씩 그 자리를 내어주고 있다. 한 가지 다른 점은 그를 통해 세상을 알고 글을 쓴다는 것. 난 이 사실만으로 충분하다. 이렇게 글을 적어내다 보면 언젠가 다시 설렘이라는 잃어버린 감정이 내 옆에 찾아오지 않겠나 싶다.

내게 만약 무한한 시간이 주어진다면 난 이 세상의 모든 것을 적어보고 싶다. 무용과 글, 음악과 글, 미술과 글, 영화와 글, 여행과 글, 사회와 글, 철학과 글, 휴식과 글, 커피와 글, 사랑과 글, 모든 건 글과 함께 존재한다. 형용할 수 없는 것이 있다면 그것을 형용하기 위해 글을 쓴다. 어쩌다 느낀 아주 독특한 감각을 한 번, 또 한 번 적어내다 보면, 그 미지의 감각은 내가 서술할 수 있는 하나의 감각으로 전환되어 다가온다. 머릿속에 떠올려만 보아도 설렘이라는 감정이 날 훑고 지나간다.

예술을 하는 이라면, 혹은 예술을 하는 이가 아니더라도 막막한 현실에 부딪히고 의지를 잃어 목표를 놓치곤 할 거다. 그래도 돈만을 쫓아가지는 않았으면 한다. 내 열정을 태워 만들어낸 결과를, 그 추억을 쫓아가길 바란다. 그러다 보면 돈, 돈 하는 삶도 불행을 쫓아 날아가 경험의 가치와 설렘의 기억이 물 흐르듯 자연스레 나타나지 않을까. 혹은 그를 찾아낼 수 있는 정제된 내가 남아 다시금 나아가지 않을까.

아빠의 꿈

며칠 전, 아빠가 25년간 몸을 담고 있던 회사에서 퇴사하셨다. 긴 세월 동안 대기업에서 생활용품을 기획하고 마케터(Marketer)로 일하신 아빠는 곧 퇴사하겠다는 말을 입버릇처럼 달고 다니셨다. 내가 자퇴를 하겠다고 입버릇처럼 달고 살았던 게 다 아빠의 유전자 탓이다. 정년퇴직까지 아직 한참은 더 남은 나이셨지만, 아빠는 누군가를 위한 일이 아니라 나 자신을 위한 일을 하며 살아보고 싶다며 엄마와 내게 말했다. 당장 회사의 월급이 없으면 생활이 쉽지 않은 상황이었지만 가족 모두가 조금씩 아끼고 보태며 아빠의 새로운 꿈을 응원했다.

아빠와 함께 집 앞에 있는 자그마한 선술집에 갔다. 전골에 소주를 한 병 시키고 우리 부자는 진솔한 이야기를 꺼내 들었다. 이렇게 진지한 이야기를 나눴던 적은 아마 이번이 처음인 것 같았다. 아빠는 자신이 이 회사에 어떻게 입사하게 되었는지 내게 설명해주셨다. 들으며 아 역시 '내 충동적인 성향은 아빠한테 왔구나.'라는 생각이 절로 들었다. 아빠가 말했다.

"아빠는 명문대도 아니고 학점도 좋지 않았는데 욕심은 정말 많았어. 그런데 내 친구 한 놈이 대기업에서 추천서를 받은 거야. 아빠는 그걸 보고 바로 친구 추천서를 빌려서 A4용지에 복사해서 이름만 바꾸고선 회사로 보냈는데 사실은 종이 재질이 너무 달라서 누가 봐도 가짜였지만, 그렇게 해서라도 일단은 보내고 싶었거든. 그런데 회사에서 문자가 왔네? 아마 이놈은 도대체 누군가 하는 궁금함에 연락하지 않았을까? 아빠는 그렇게 해서 면접을 봤고 또 회사에 운 좋게 붙어서 지금껏 다닌 거지."

아무리 옛날이라도 이게 당최 말이나 되나 싶은 이야기지만 뭐라도 해보는 사람한테 떡 하나라도 더 떨어진다는 말이 떠올랐다. 그리고선 아빠가 가졌던 꿈에 대해서 말했다.

아빠는 회사에 들어가기 전까지 작가를 꿈꿨다고 했다. 문학을 사랑했고 시를 쓰는 게 취미였던 아빠는 글을 쓰며 이십 대를 살아가다 현실에 부딪혀 작가의 꿈을 버리고선 취업을 택했고, 그렇게 지금의 회사에 다녔기에 엄마를 만나 나를 낳을 수 있었다고 답했다.

아빠는 소주를 한 잔씩 들이키며 자신이 꾸었던 꿈과 살아왔던 삶을 허심탄회하게 말했고 아빠가 날 바라보는 눈빛에는 많은 것이 담겨 있는 듯했다. 내 아들은 꿈을 이루었으면 하는 눈빛과 문학과 예술에 들어가 삶을 살아가는 나를 동경하는 눈빛이 적절히 섞인 듯 보였다. 꿈도 유전이 될까. 내가 처음으로 춤을 추지 않고 책을 쓰겠다고 말했을 때 아빠는 무슨 생각을 했을까.

돌이켜 보니 아빠는 쉬는 날에도 항상 책을 읽고 계셨다.

아빠는 책을 왜 읽냐고 묻는 어린 내게 '책은 공부하는 게 아니라 친구처럼 대화하는 것.'이라고 답했다. 지면에 적힌 문장들과 마르지 않는 대화의 샘물을 만들어 궁금한 것이 생긴다면 전 장으로 넘어가 다시 답을 들어보고, 다시 돌아와 대화를 이어나가며 함께하는 친구가 되는 것. 그렇게 말했다. 아빠가 말한 친구라는 말이 이해가 되기 시작하던 어느 날, 나는 책과 친구가 될 수 있었던 사람인 것 같았다.

아빠의 꿈속에는 어떤 글이 적혀 있었을지 궁금해지는 날이다. 아빠의 젊음 속에서 적었던 글이 내 청춘 속 글과 닮았을까. 왠지 닮았길 바라는 꿈을 꿔보며 아빠가 이 글을 읽는 날이 하루빨리 오길 바란다.

3장

낙화유수

落花流水

'떨어지는 꽃과 흐르는 물'이라는 뜻.

그리운 사람,
쓰게 한 사랑

...משתלף משעריה...
1948)... מפשוררי וקף...
...מטעי קדם על אהלים ראשון...
שירות בחרוזים)... "גיר... וורדים... למשיה
המלך)... "משלי אבנר" (משיחה... לחמשה
...ותרצה" (מחזה סוציאלי), "שירה... ימה את
מעשיי קויינה, שנעשר טרפו למסורת העליו...

나를 말하는 방법

한국으로 돌아와 이 책을 쓰며 보내던 그간의 삶은 참으로 아렸다. 사랑을 잃었고, 일터를 떠났고, 친구를 보냈다. 날 가둔 바다는 우울을 매개체로 점차 온도를 내려갔고 마침내 내 바다는 얼어붙었다. 빛이 들지 않는 차디찬 물속을 헤엄치고 또 헤엄치다 어느 날 문득 깨달았다.

지금의 나는 물속이 아니라 얼음을 깨야 한다는 것을 말이다. 세상에 나를 드러내기 위한 몸부림을 쳐야 한다는 것을 말이다.

저는 춤을 추는 사람입니다.
저는 글을 쓰는 사람입니다.

저는 작품을 만드는 사람입니다.

저는 그저 사랑받고 싶은 사람입니다.

나를 수식하는 단어는 너무도 많았지만 나를 소개할 단어는 어디에도 보이지 않았다. 누군가 내게 무엇을 하는 사람이냐 물을 때마다 황급히 고개를 돌리는 내 모습이 생생하다. 그 장면은 날이 갈수록 선명해졌다. 나를 소개하지 못하는 상실감은 곧바로 무력감으로 전환되어 내게 다가왔고 끝내 얼어붙게 되었다. 나는 그렇게 차디찬 바닷속에서 전시를 다짐하게 되었다. 세상에 나를 드러내고 나를 제발 봐달라는 외침은 홀로 잠긴 바다가 아닌, 갤러리 안에서 모두에게 하겠다고 다짐했다.

청춘을 주제로 한 전시를 준비했다. 그간 느껴왔던 갈망과 욕망, 외로움과 두려움을 전부 담았다. 그리고 날 쓰게 했던 사랑을 담았다. 나를 드러내려 노력하니 잠들지 못해 고통스러웠던 밤은 선물로 다가왔다. 매일 밤 내가 잠들지 못하는 까닭을 찾아내기 급했지만 길고 긴 밤은 내게 쓰기 위한 시간이 되어주었고 소리 하나 나지 않아 적막했던 내 집은 내

면의 소리를 잘 들을 수 있게 해주었으며, 날 가뒀던 우울은 감상의 촉매가 되어 날 적을 수 있게 해줬다.

이 전시를 보러오는 청춘들이 젊음의 시간을 잘 쓰길 바랐고 사랑을 모르는 이들에게, 낭비하는 이들에게 나의 부서졌던 젊음을 보여주고 싶었다. 갤러리 안에 들어온 순간부터 나의 청춘 속 한 장면에 들어왔으니 그들은 나의 청춘이며 동시에 그들의 청춘이 나이기도 하다. 그렇게 전시는 문을 열었다. 전시가 끝나고 갤러리의 문을 열고 나서는 순간부터는 세상을 좀 더 따뜻한 시선으로, 충만한 사랑으로 보듬길 바랐고 거리를 지나는 사람들, 지인들은 하나둘씩 갤러리에 들어와 나의 치부였던 과거를 품어주었다.

순항하던 오픈 첫날 밤, 하얀 원피스를 입은 그녀가 갤러리의 문을 열었다. 우리는 어색한 미소를 머금은 채 서로를 바라보았고 곧이어 우린 아무 말도 할 수 없었다.
어쩌면 우리는 우리의 마지막을, 혹은 처음을 떠올린 게 아니었을까.

섭씨 35.5℃

　이 책을 쓰기도 전인 아주 오래전 일이다. 그날 밤은 한숨도 잠을 잘 수 없었다.

　파도가 나를 쓸어가도 좋으니 그저 이 적막이 끝나기만을 바랐다. 그녀와 이별하고 몇 주가량 시간이 흘렀지만 내 옷에 묻은 그녀의 향수 냄새는 빠져나갈 기미가 보이지 않았다. 그녀가 품던 진한 베리 향만이 방을 채울 뿐이었다. 하루가 너무도 길었고 햇빛을 애써 무시하며 긴 하루를 반으로 줄이기 위해 온 힘을 다했다.

　눈을 뜨면 술을 찾았고 다시 기절하기를 반복했다. 속이 쓰려 느끼는 고통보다 눈을 뜨고 생각하는 고통이 몇 배나 됐기에, 건강 따위는 중한 문제가 아니었고 그저 긴 하루를 줄이고 또 줄이기 위해 살아갔다.

빙빙 돌아가는 세상을 억지로 붙잡으며 침대에 누우니 오른편엔 한동안 손대지 않아 먼지가 조금 묻은 책장이 있었고 꾹꾹 눌러 적은 시가 몇 점 보였다.

시를 즐겨 쓰던 때를 떠올리니 그녀가 좋아하던, 당시에는 잃어버렸던 내 모습을 찾아볼 수 있었다. 그녀는 글을 쓰는 내 모습을 유난히 좋아해 주었다. 카페에 앉아서 수다를 떨다가도 메모장과 펜이 놓여 있으면 갑작스레 시를 쓰곤 했다. 그녀에게 처음 시를 써주었던 몇 해 전 겨울날, 「첫눈」이라는 제목의 시를 적어 선물했었다. 시를 읽으며 첫눈보다 환하게 웃던 모습이 기억에서 한참이나 잊히지 않았다. 몇 번이고 시를 다시 읽어보며 이 문장은 무슨 뜻이냐고 이 단어는 어쩌다 적게 되었냐 묻다가도, 아무런 말 없이 한참이나 종이를 들여다보는 그녀가 내게는 첫눈 같았다. 곧 녹아 없어질 눈이지만 맞고 있는 순간만큼은 현실을 아득히 뛰어넘을 온기를 품은, 그러한 첫눈 같았다. 나는 지금도 시를 쓰기 위해 노트와 펜을 꺼낼 때면 첫눈과 그녀가 지었던 함박 웃음이 가장 먼저 머리를 훑고 지나간다.

 그렇게 몇 주를 보내다 낮에 밖으로 나가 햇볕을 받아야
한다는 의사의 말이 생각이 나 아주 간만에 집 밖을 나섰다.
밖에는 흰 눈이 모든 걸 지운 듯 온통 흰색이었고 내리쬐는
햇살에 눈살을 찌푸렸다. 오랜만에 마시는 바깥 공기가 나름
은 달콤했던 기억이 난다. 내가 사는 곳에는 작은 원목 책상
과 의자가 놓인 장소가 곳곳에 있는데 나는 그중 집 뒤편 계
단을 오르면 보이는, 주변에 나무가 가득한 테이블을 좋아한
다. 약간은 그곳에만 집착하는 증세도 있다. 날씨가 화창한
봄날에는 낮에 이 테이블에 앉아 커피를 마시고 책을 읽으며
따사로운 하루를 보내다. 해가 지면 근처 편의점에서 값싼
와인을 몇 병 사와 그녀와 함께 병나발을 불어댔다. 하얀 눈
은 의자를 덮어 나를 쉬지 못하게 하는데, 추억이란 눈송이
는 바람을 타고 나무에서 흩날려 머리를 적셨다.

 행복했다. 행복이 어려웠던 시간이 무색할 정도로 행복했
다. 아침에 눈을 떠 잘 잤냐고 묻기보다 어떤 꿈을 꾸었냐고

묻는 네가 좋았다. 밥을 먹을 때면 서로의 수저를 먼저 챙기기 위해 같이 수저통에 손을 얹는 우리가 좋았다. 그녀에게 내 사랑을 있는 힘껏 노래하기로 다짐했던 시절이 기억난다. 같은 음계로 곡을 써도 그녀의 음계는 높은음자리였고 나의 음계는 낮은음자리였지만 두 음계가 하나의 화음이 되도록 맞추었던 시절이 생각난다. 우리는 열렬히 사랑했지만, 점차 화음이 가득한 악보에 쉼표가 잦아졌다. 악보에 한번 그려진 쉼표는 지울 수 없다는 것을 알지 못했다.

눈이 덮인 의자를 뒤로하고 단지 입구 쪽을 향해 걷다가 작고 귀여운 동물 가족을 발견했다. 선두에는 어미로 보이는 오리가 무리를 이끌고 있었고 작은 새끼 오리 무리가 후미를 나열하고 있었다. 가까이 다가가 새끼 오리 한 마리를 손에 얹어 보았다. 차갑고 하얀 이 오리는 금세 물방울을 빚어내며 눈물을 흘렸다. 맨발에 슬리퍼를 신은 내 발보다 시린 감촉이었다. 새하얗고 차가운 눈덩이를 한참 더 눈에 담고 바라보다 지난봄 생각이 문득 들었다. 내가 사는 동네에는 하천이 있다. 봄, 여름에는 실제 오리와 거위 등 작은 새 무리가 하천을 누비고 다니는데 어찌나 예쁜지 지나가던 모든 사람이 꼭 카메라를 꺼내어 사진을 한 장씩 찍는다. 그 밑에선 아이들이 울타리를 넘고 하천에 들어가 물장구를 치곤 한다. 내가 사는 동네의 풍경은 무척이나 아름다웠다. 지금은 눈에 덮여 얼어 있지만, 그녀와 함께한 그때의 그곳은 무척이나 아름다웠다.

섭씨 37.5℃

 방으로 돌아와 얼어붙은 발을 보았다. 아무것도 하지 않아 무능해진 한심한 발이었다. 나는 그날 얼어붙은 발을 보고 책을 쓰겠다고 다짐했다. 다가올 봄에 벚꽃이 날리는 원목 테이블에 앉아 그녀를 돌아보는 글을 적겠다고 다짐했다. 과거에 한 인터뷰에서 청춘에게 필요한 것은 무엇이냐는 질문에 '고통 속에서 낭만을 찾을 수 있는 지혜와 그를 함께 할 사랑이 아닐까요?'라고 말했다. 그러한 나를 찾기 위해서 나는 이 책의 첫 장을 열었다.

 청춘은 사랑이고, 사랑하는 사람은 청춘이라 믿는다. 청춘을 위한 글을 같은 청춘의 시선에서 위로하고 공감하며 이 책을 써나갔다. 하지만 내가 적은 모든 글은 결국 사랑에 도래한다. 나를 사랑해주세요, 내가 사랑해 드릴게요, 우리 사랑합시다. 그녀와의 사랑은 나를 쓰게 한 사랑이다.

청춘에게 사랑은 마치 꿈과 같다. 꿈이 없는 청춘을 두고 청춘답다고 말하진 않는다. 하지만 꿈이라는 높은 곳에 도달하기 위해 비상하는 청춘은 날개가 꺾이고 진흙에 뒹굴어도 무엇보다 청춘답다고 말한다. 사랑도 마찬가지다. 서툴고 미숙한 사랑 속에서 나다운 나를 발견하기도 하고 황홀한 사랑을 하다가도 작은 틈으로 완전히 부서지고 깨지기도 한다. 사랑은 분명 두렵고 아프다. 성숙하지 못한 작은 어른이 겪는 사랑은 무섭고 괴롭다. 하지만 사랑해야 한다. 꿈을 향해 달리는 청춘답게 사랑을 품으러 떠나보자. 안정을 택하여 멈춘다면 나를 찾게 하고 나를 행복하게 하는 사랑은 기필코 멀리 떠나간다. 괴롭고 두려워도 우리의 청춘을 위해 사랑이란 단어를 마음 곁에 두어 외롭지 않은 밤을 보내길 바란다.

침묵만이 흐르는 방에서 긴 시간 동안 나를 숨겨올 때 나는 사랑의 이면을 배웠다. 처음엔 나를 떠나간 그녀에 대한 원망과 그리움만이 방을 채웠다. 하지만 시간이 조금씩 지나며 빛을 보겠다는 용기를 얻을 때는 진심 어렸던 그녀의 사랑과 그 사랑에 대한 고마움뿐이었다. 진심이었던 사랑에는 죽을 듯 아픈데, 그렇지 않은 사랑에선 아무런 아픔도 느끼지 못하는 이유는 모두가 잘 알듯이 진심의 차이다. 결국, 우리가 아픈 이유의 모든 것에는 우리의 열정과 진심이 가득했기 때문이다.

그녀는 종종 사랑이란 게 무엇이냐는 질문을 하곤 했다. 나는 곰곰이 생각하다 조심스레 답했다.

"내가 해도 되는 것을 굳이 남이 해주고 싶은 마음이 사랑이지 않을까."
무수히 많은 사랑의 형태 중 내가 떠올린 하나의 형태였다.

언젠가 그녀의 머리를 말려줄 때면 그녀는 멍을 때리기도 하였고 배시시 웃으며 고맙다는 말을 하기도 했으며 가끔은 졸기도 했다. 그녀가 졸던 날에는 이때다 싶은 마음에 곧바로 5 대 5 가르마를 반듯하게 타서 몰래 할머니 머리를 만들기도 했다. 그러다 그녀가 잠이 깬 거울을 보면 화를 내며 다시 머리를 해달라는 그 모습이 참 좋았다. 네가 해도 되는 일을 내가 대신하여 그녀의 손과 발이 되었던 그때의 모습이 나에겐 사랑을 떠올리면 가장 먼저 떠오르는, 사랑의 향기가 짙게 묻은 장면으로 남아 있다.

사랑이 지고서 느끼는 감정에는 우리의 마음속을 가득 채우는 공허의 기운이 있을 것이다. 긴 시간을 꼭 붙어 지내던 당연한 존재가 한순간에 남보다 못한 존재가 되어서 다시는 볼 수 없다는 게, 생이별이란 단어가 아니면 뭐라 풀이할 단어가 생각나지 않는다. 그 상실감과 공허함은 무기력으로 번지며 벗어나기 어려운 끈적한 늪으로 자신의 몸을 이끌기도 한다. 원래 이별이라는 게 그렇다고 했다. 몇 번을 해도 어렵고 아린 듯한 통증을 동반하는 게 이별이라 했다. 온 마음을 주어서 나 자신을 사랑하는 힘마저 다 빼앗기는데 어떻게 아프지 않을 수가 있을까. 숨도 쉬지 못할 것 같은 통증이 몇 번 반복된다고 해서 그 괴로움이 줄지 않는 것처럼, 언제나 아픈 게 이별이다. 다만 그 통증이 무뎌지고 당연시 받아들여진다면 다시 나를 사랑할 준비가 되었다고 말한다.

나의 경우에는 이 사랑을 통해 책을 쓰게 된 것처럼, 청춘을 쓰게 된 것처럼, 이 사랑을 글로 담을 만큼 온전해진 것처럼, 결국 사랑은 나를 알게 만든다. 너무 아픈 사랑이어도 말이다.

너무 아픈 사랑이어도 결국은 사랑이다. 사랑이 지고 나서 한 판단으로 당신이 지녔던 행복했던 사랑의 파편마저 사랑이 아니라 회피하지 않았으면 한다. 결국은 사랑했고 아파했으며, 다시 한번 사랑을 배웠던 거다. 청춘의 사랑이었으니 그거로 된 거다.

청춘이 뭔가요

선물 한 번 사본 적 없던 내가
선물 상자 안에 손편지를 적어 넣었고
사랑한다는 말을 해본 적이 없던 내가 영원이란 말을 꺼내고
웃음이 없던 내가 그녀의 웃음 한 번을 보기 위해
더 웃었습니다

그런데 왜 그녀는 내가 아닌 그와 함께할까요

청춘이란 원래 그런 걸까요

그녀가 싫은 이유를 매일 밤 떠올리며 잠이 들지만
꿈속에 나타난 그녀는 이제야 날 보고 웃어줍니다
그 미소를 바라보며 눈을 뜨지만
옆자리엔 그녀가 두고 간 인형만이 날 반겨줍니다

나비처럼 날아간 그녀가 다시 돌아올까
매일 아침 창문을 열어두지만
꽃이 없는 내 방에는 나비가 다시 날아오지 않습니다

언젠가 다시 사랑해도 결국 날아가겠죠

오늘은 창문을 닫았습니다
인형은 서랍 안에 넣었습니다
싫어할 이유를 찾지도 않았습니다

더 잘 날아가게
이제는 나도 놓아주려 합니다

사랑이 뭔가요
청춘이 뭔가요

See you again

난 너를 만나 참 다행이었다. 스물이란 꽃다운 나이에 시작해 너와 함께한 사랑의 계절들이 참 그립다. 행복이 쉬웠던 그 시절의 나를 다시 한번 만나보고 싶다. 우린 힘들고 고된 길을 서로 끌어주고 밀어주며 사랑했고, 또 시간이 지나 여느 보통의 연인들처럼 헤어졌다. 우리의 이별은 참 특별하다고 생각했는데 특별한 이별이 어디 있겠는가. 그저 예전보다 덜 사랑하기에, 덜 소중하기에 이별한 것이겠지.

"언젠가 우리의 끝이 정해져도 이것 하나는 약속하자. 서로의 삶에 큰 기쁨의 날이 온다면 그땐 우리 웃는 얼굴로 마주하고 축하해주자."

배우인 그 애와 현대예술을 하는 나는 서로를 당겨주고 밀어주며 젊음을 버텨 나갔고 언젠가 서로가 없는 날이 다가온다면 단 하루라도 서로를 이끌어주었던 과거를 그리워하자며 그러한 약속을 했다. 그 애가 주연으로 연극을 올린다면 난 꽃 한 송이를 손에 쥐고 찾아가 기쁘게 축하하겠다고 약속했다. 철없는 어린 연인의 입에서 나온 기약 없는 약속이다.

긴 시간이 지나 이 글을 쓰고 있는 지금으로부터 몇 달 전, 작품의 주연으로 연극을 올린다는 문자를 받았다. 속에서 피어나는 알 수 없는 감정들을 숨기고선 꽃 한 송이를 손에 쥔 채 극장을 찾아갔고 약속을 지킬 수 있었다. 넌 무대에서 참 빛났다. 그런데 왜인지 모르게 어색한 감정을 느꼈다. 난 객석에 앉아 네 얼굴이 닳도록 볼 수 있었지만 너는 내가 어디에 앉아 있는지도 모르니 말이다. 처음 느껴보는 참 어색한 기분이었다. 우리는 공연이 끝난 후 로비에서 만나 별다른 말 없이 웃음을 지었고 난 곧바로 극장을 떠났다. 그날 밤은 유독 쓸쓸한 바다였다.

그녀의 공연이 끝나고 두 달 정도 뒤, 나의 청춘을 담은 전시회를 열었다. 내가 그간 걸어왔던 길을 글과 그림, 사진을 통해 담았다. 하지만 내 작품 속에 담긴 이야기의 길은 온통 그 애를 향하고 있었다. 너를 사랑한 시, 너를 벗어나려는 시, 네게 돌아가려는 시가 공간을 채웠다. 갤러리에 방문한 관람객이 전시 방문 포스트잇에 이런 메모를 남겨두었다. "길을 지나다 우연히 슬픔을 위로하고 사랑을 노래하는 시를 보았습니다. 작가님의 생에 다시 한번 이러한 사랑이 도래하길 바랍니다."

너를 기다리는지 이러한 사랑이 다시 나타나길 바라는지 아직도 난 잘 모르겠다.

전시회 첫날, 어두운 밤이 내려앉기 시작할 때 손에 한 송이의 꽃을 쥔 채

그녀가 멀리서 걸어왔다. 난 멀리서도 한눈에 그녀를 알아볼 수 있었다. 난 그녀를 위해 잠시 자리를 나왔다. 내 작품을 보는 그녀가 온전히 자신의 시간에 빠질 수 있기를 바

랐다. 시간이 조금 흐른 후 내가 들어갔을 땐 이미 많은 눈물
이 흐르고서 마음을 추스르는 그녈 볼 수 있었다. 사실 그 애
의 심정이 어떨지 감히 예상할 수는 없다. 만약 내가 이 작품
을 만든 것이 아니라 그녀가 우리의 사랑에 대한 작품을 적
은 것이었다면, 난 아마 그 전시를 볼 수 없었을 거다. 난 이
번에도 그 애를 배려하지 못했던 거다. 그저 내 병이 낫기 위
해 글을 썼던 거다.

그녀는 내가 마감을 하는 동안 옆에서 바라보며 나를 기다
려주었다. 그리고 우린 거리를 잠시 걸으며 이야기를 나눴
다. 못 본 시간이 무색하게 우리의 입가엔 웃음이 묻어 있었
고 술집에 들러 소주를 몇 잔 기울였다.

한 잔엔 보고팠던 시간을 마셨고,
또 한 잔엔 돌아가고픈 미련을 넘겼고,
마지막 잔엔 서로를 놓아주려는 용기를 삼켰다.

시간이 흐른 시점에서 이 글을 적으니 그녀의 향수 냄새가

다시 방을 채우는 듯한 기분이 든다. 잔이 한 잔씩 맞닿을 때마다, 이제는 정말 마지막에 가까워진다는 것을 서로 알고 있었다. 잔을 비우는 속도는 느려졌고 말수도 웃음기도 사라졌다. 그리고 우리의 눈은 붉어져 갔다. 추억을 만들어 주었던 사람이 이제는 추억 속으로 흩어져 각자의 삶을 살아가지만, 우리가 지내왔던 수많은 계절에는 여전히 사랑의 향기가 묻어 있을 거다. 다만, 다시 맡을 수는 없는 향기일 거다. 언제쯤이면 로맨스 영화 속 주인공이 너로 보이지 않을까. 언제쯤이면 노래 가사가 우리 이야기로 들리지 않을까. 시간이 약이겠거니 하며 밤을 지새우지만, 여전히 그 약은 너무도 쓰고 시간은 너무나 느리게 흐른다. 다만, 행복했던 시간만큼 아프기 위해 애쓴다. 청춘을 청춘답게 쓰려 애쓴다.

난 우리의 뜨거웠고 가슴 시렸던 사랑을 갤러리 안에 담아 두었고 그 갤러리는 이제 다시 들어갈 수 없고 열어 볼 수 없게 굳게 문을 닫았다. 우리의 사랑은 그렇게 끝이 났다. 그녀가 내게 준 사랑은, 내가 했던 사랑은 날 쓰게 한 사랑이었다.

안녕이란 말은 이면을 너무도 강하게 지녔다.
그녀가 말한 안녕이, 내가 떠올린 안녕이 아니길 바랄 뿐이었다.

사랑에 마침표를 찍으며

　인생이라는 길 위에서 끝이 정해지지 않은 목적지를 향해 걷고 뛴다는 것은 참으로 쉽지 않은 일이다. 누군가는 그 길을 죽음이라는 끝을 향해 걸을 테고 누군가는 살아가기 위해 달릴 거다. 우리는 수없이 많은 갈림길을 마주하고 때로는 막다른 길을 만나 되돌아올 때도 있다. 우리는 이 많은 벽과 산을 건너고 돌아가며 우리의 길 위에 조금씩 조금씩 꽃을 심고, 나무를 심는, 그렇게 인생을 가꾸어 나가는 과정을 하는 게 아닐까.

　삶이 죽어가는 게 아닌 살아가는 것이라는 생각이 들 때면, 난 사랑이란 씨앗이 잠시 내게 머무른 순간이라고 말한다. 내가 벽에 부딪혀 힘을 잃고 쓰러진다면 난 그 자리에 씨앗을 심고 나무를 키운 뒤, 자라난 나무 위로 올라가 다음 세상을 바라볼 시야를 얻는다. 내가 사랑을 잃어 제자리에 허덕일 때 난 지난 사랑을 가져와 새로운 씨앗을 심었고 이제는 자라난 나무 위에 올라 먼 곳을 볼 준비를 마쳤다.

오랫동안 멈춰 있었던 이 시간에 나의 지났던 사랑을 가져와 자리에 심었고 다음 세상을 바라보기 위해 이 책에 내 사랑을 적어 두었다. 그렇게 글을 쓰다 보니 어느덧 사람들이 나를 작가라고 부르는 게 어색하지 않아졌다.

난 이 사랑을 통해 새로운 직업도 얻었나 보다. 혹여나 다시 만난다면 무슨 말을 할 수 있을까 고민했다. 그저 고마웠고, 사랑했다는 말 밖에는 떠오르지 않는다. 다시 갚을 수 없는 빚을 진 거다.

너를 떠나고 매일 같이 사라지고 싶다며 입버릇처럼 말하던, 그날의 내가 선명하다. 너무도 눈부신 너를 바라보았던 나는 길을 잃어 다른 곳을 볼 수 없었다. 익숙하고 포근한 향이 나는 곳으로, 언제나 뒤로 고개를 돌릴 뿐이었다.

이제는 우리의 찬란했던 사랑을 뒤로하며 돌아보지 않을 용기를 얻기 위해 지독한 고독에서 이 기억을 꺼내왔다.

그녀와의 사랑의 끝이 어딘지는 아무도 내다 볼 수 없지만, 우리는 새로운 세상을 보기 위해 다른 갈림길을 향해 나아갔다. 언젠가 우리가 길을 잃어 헤맨다면, 그 자리에 씨앗을 심고 가꾼 뒤, 자라난 나무 위로 올라 서로를 향해 손을 흔들길 바란다. 그만하면 내겐 충분하다.

만약 내가 신이었다면 나는 청춘을 인생의 끝에 두었을 것이다.

-아나톨 프랑스-

4장

장풍파랑

長風波浪

먼 곳까지 부는 큰 바람을 타고 끝없는 바다 멀리까지
물결을 헤쳐 간다는 뜻으로, 대업을 이룸을 비유적으로 이르는 말.

부서지는 파도를 타고
낭만의 항해를

런던기

이 책을 써가며 많은 시간이 흘렀다. 그만두겠다고 다짐했던 무용이었지만 여전히 매달 공연을 하고 있고 전시를 끝내고 난 후에는 한 잡지사에서 칼럼을 쓰게 되었다. 멈추지 못한 무용과 새로 생긴 일, 입시를 준비하는 아이들과 함께 하루를 살아가다 보니 어느덧 시간이 훌쩍 흘렀다. 1년 안에 이 책을 적겠노라고 다짐한 내 약속은 지키지 못했다. 담고 싶었던 말보다 종이에 쓰인 획이 적었고 난 이 책에 적힌 글자를 더 소중히 하기 위해 터전을 떠나기로 했다. 이 책의 마지막과 나의 새로운 시작을 위해 런던으로 향했다.

간만에 여행 가방을 열어보니 작년 여름의 흔적을 찾을 수 있었다. 가방 안에는 암스테르담행 항공권과 잃어버렸던 흰색 셔츠가 굴러다녔다. 한참을 찾았던 셔츠였는데 이건 뭐랄까 반가우면서 시작부터 열이 받는 그런 느낌이었달까. 열흘간의 여정에 필요한 물건을 챙기며 동시에 설렘과 기대를 챙기지 않는 편이 좋을 거라 했다. 난 지금 여행을 빙자한 도피니까.

먼저는 잘 때 입을 후드와 편한 바지를 하나 챙겼다. 홀로 지내는 숙소에서 잠옷은 사치다. 런던의 풍경과 어울리는 가죽 재킷과 자주 입는 정장도 한 벌 꺼냈다. 그리곤 매일 입는 헌 청바지와 가방 안에서 찾은 흰 셔츠, 분홍색 셔츠를 넣었다. 옷은 빨아 입을 테니 충분한 듯 보였고 내 기대를 높이지 않는 데에도 적당했다.

마지막으론 짧게 자른 머리를 책임져줄 헤어스프레이 두 통과 담배를 잔뜩 챙기고 가방 문을 닫았다. 필요한 건 가서 사기로 했다.

여담으로 영국은 담배가 굉장히 비싸다.

런던으로 떠나기 하루 전까지 공연이 있었다. 그렇게 춤을 추기 싫어하는 내가 계속 무대에 오르며 드는 생각은 관객에 대한 미안함. 그리고 예술관을 지닌 예술가로서 무대에 서 있지 못하다는 생각만이 가득했다. 예술 중 가장 순수하며 꾸며내지 말아야 하는 예술이 무용이다. 사실 나에겐 지금 가장 어울리지 않은 예술이기도 하다. 가장 잘하는 것이며 가장 죄책감에 시달리는 일이다. 그래서 더욱 도망과 방랑, 유랑에 집착하지 않았을까. 억지로라도 떠나기만 한다면 아주 잠시라도 춤과 멀어질 수 있으니 말이다.

어릴 적 모두에게 비행기를 타는 일은 특별한 일이었을 거다. 비행기를 자주 타는 부유한 집안의 어린이들도 비행에 대한 환상이 없는 어린이는 드물다. 난 부유한 집안의 어린이는 아니었지만 3, 4년에 한 번씩 타는 비행기는 설렘 가득한 일이었다. 그래서 난 우리 집이 돈이 아주 많기를 바랐다. 아주 오랜 시간 비행할 수 있는 아주 먼 나라를 향해 날아갈 만큼.

그런데 내 돈으로 항공권을 구매해 외국으로 갈 나이가 되니 이제는 긴 비행시간이 문제가 된다. 14시간 비행? 답도 없다. 이제는 내가 비즈니스 좌석을 탈 수 있을 만큼 돈이 많기를 바라고 있다. 내 무릎이 앞 좌석에 닿고 화장실에 가려면 사람을 넘어 다니는 좌석에 앉아 14시간은 솔직히 짜증이 먼저 오른다.

별수가 있나. 비즈니스에 돈을 태우기엔 학생들 수업을 했던 시간이 아까워진다. 그 돈으로 맛있는 피자나 몇 판 더 사 먹는 게 좋으려니 했다.

비행기에 오르기 전, 가능한 만큼 담배를 최대한 피워내고 참참한 심정으로 자리에 앉았다. 책 한 권을 읽고 끝없이 나오는 기내식으로 사육을 당하며 몇 번이나 잠을 설치니 겨우 도착해 있었다. 생각보다 나쁘진 않더라. 아니 생각보다 별로였나. 두 번째 기내식으로 제공되었던 로제 찜닭 덮밥은 아주 훌륭했다. 홍차와 와인도 나쁘진 않았다. 다만 오는 내내 돌아갈 비행이 걱정됐다. 아직 시작도 하기 전인 기행이 돌아갈 걱정으로 시작되는 걸 보니 심상치 않다. 따사로운 한 줄기의 햇빛이 내 몸을 적셔주길 바라며 조명 밑에 앉아 있다.

나는 지금 런던에 있다.

Korean Man In London

아무래도 영국을 떠올리면 머릿속에 있는 방아쇠(Trigger)가 곧바로 작동되는 노래가 있다. 영국인 가수 스팅의 〈English man In New York〉이다. 아마 평소 음악을 즐겨 들었던 이라면 한 번쯤은 들어봤을 노래다. 이 노래를 처음 들었던 어릴 적엔 이 노래 속 가사의 의미를 이해하지 못했다. 그저 멜로디가 좋아 몇 번 따라 불렀던 정도. 이 노래는 영국의 괴짜 예술가인 퀜틴 크리스프가 스팅을 만나 만들어진 곡이다. 게이임을 커밍아웃한 퀜틴이 영국 땅에서 자신을 바라보는 이질적인 시선을 버티지 못하고 뉴욕으로 넘어가 스팅을 만났다. 스팅은 그러한 퀜틴의 이야기를 각색해 곡으로 만들었고 노래의 첫 가사부터 스팅은 영국인의 특징을 묘사하며 '나는 뉴욕에 사는 이방인'이라 말한다.

I don't drink coffee, I take tea, my dear

I like my toast done on one side

And you can hear it in my accent when I talk

I'm an Englishman in New York

See me walking down Fifth Avenue

A walking cane here at my side

I take it everywhere I walk

I'm an Englishman in New York

Oh, I'm an alien, I'm a legal alien

I'm an Englishman in New York

Oh, I'm an alien, I'm a legal alien

I'm an Englishman in New York

히스로 공항(Heathrow Airport)에 도착해서 처음 마주한 것은
환한 웃음을 입에 머금고 내게 말을 거는 사람들이었다. 택
시 사기꾼이다. 만약 내가 직접 우버를 부르지 않고 내게 말

을 거는 사람을 따라갔다면 숙소까지 20만 원 정도는 나왔을 거라며 친구가 알려줬다. 신기한 점은 이 공항 앞에 서 있는 택시기사들은 기가 막히게 여행객들만 골라낸다. 내 경우만 보아도 게이트에서 공항 외부 출입문까지 열 명이 넘는 택시 기사들이 말을 걸어왔다. 아마도 내 두리번대며 불안한 듯한 시선 처리가 그들의 눈엔 누가 봐도 여행객으로 보여 "오늘 은 저 아시안을 태워야겠어."라며 방아쇠가 작동되지 않았을 까 싶다.

일주일간 묵을 호텔은 영국의 대표적인 관광 명소인 타워 브리지(Tower Bridge) 바로 앞으로 잡아뒀다. 이 뷰를 담은 숙소 하나 때문에 1년간 모아두었던 돈을 거의 다 쓰긴 했지만 그 래도 눈을 뜨며 바라보는 풍경과 눈을 감으며 나에게 쏟아지 는 불빛들 속에서라면, 내 원고도 이곳의 절경만큼 소중한 값의 원고가 되지 않을까 싶었다. 돈이야 다시 벌면 되는 거 니까 말이다.

늦은 밤 숙소 앞에 도착해 브리지 뷰를 바라보며 담배를 태우기 시작했다. 아주 잠깐이지만 다른 세계에 온 듯한 기분이 들었다. 난 영국에서 한국 담배를 태우는 이방인이다.

과거 내가 유럽에 공연차 방문했을 때는 전혀 이방인이라는 생각이 들지 않았다. 난 무용단에 소속된 무용수였기에 그 소속감은 내가 있는 나라가 바뀌어도 외지에 있다는 느낌을 전혀 받지 못하게 했고, 내가 느낄 수 있었던 것은 그저 춤을 추는 장소가 다르고 관객이 한국인이 아니라는 점 정도였다. 하지만 지금의 난 어딘가에 소속된 무용수가 아니고 그저 프리랜서 댄서, 칼럼을 기재하는 작가 나부랭이다. 지난번에 내가 경험한 유럽은 가짜 유럽이었다는 생각이 호텔 앞에서부터 몸소 느껴졌다. 작품을 하며 받았던 환대와 박수가 없는 나 홀로의 외국은 생각보다 더, 조금 더 쓸쓸하다.

내 푸념 섞인 한숨은 담배 연기 사이에 섞여 흩어졌고 한 개비를 다시 입에 물었다.

적막이 가득한 숙소에 도착해 글을 적고 있으니 주마등처럼 서울이 눈에 보인다. 날 위로하던 친구들이 보이고 같이 춤추던 동료들이 스쳐 지나간다. 온전한 혼자가 되니 그들의 온기를 그리워하는 내 모습이 부끄럽다. 나는 무슨 자신감으로, 얼마나 기가 막힌 글을 적어내겠다는 심정으로 이곳에 도착했는지 잘 모르겠다. 두려움이 사무치는 첫날 밤이지만 가능한 모든 걸 찾아내고 모든 것을 느껴보련다. 밝게 빛나는 타워 브리지를 조명 삼아 첫날을 지새운다.

나도 한때 꿈을 꿨다
세계를 돌며 춤을 추겠다는 꿈
그 꿈을 떠올릴 때면 하늘을 나는 기분을 느끼곤 했다

어느덧 그 꿈은 정말 하늘을 날았고 너무도 높이 날아
내게서도 멀리 날아갔다.

지나왔던 길을 돌아보니 풀과 나무들은 숨이 죽었고
나의 발은 시리게 얼었다

꿈을 잃은 청춘은 청춘이라 부를 수도 말할 수도 없다
나의 청춘은 그날로 깊은 동면에 들었고 그 겨울잠을 깨우는
따스한 날은 언제가 되어 내 잠을 깨울지 알 수 없었다

잠에서 깨어나기 위한 몸부림은 날이 갈수록 소란스러웠다
나의 '소란'은 내 몸에 멍을 남겼으며 피어난 멍들은
날 뒤덮어 멈추게 했다

내 '소란'은 날 지키기 위함이었다
꿈이 사라지지 않았다고 고함을 외치며 삶을 연명했다
그렇게 내 청춘은 이미 날아간 지난 꿈을 뒤따라 날아갔다

참도 멍청했다

내 청춘이 소란을 피우는 데에 쓰여 날아가 버렸다는 게
실은, 날아가 버린 게 아닌 걸 몰랐다는 게

꿈을 꾸고 싶다. 깨고 싶지 않을 정도로 달콤한 꿈을
사랑하고 싶다
마지막 사랑이어도 행복할 멋진 사랑을

하나라도 이뤄지는 날, 나는 날 다시 청춘이라 말하련다

지갑은 가볍게, 머리는 무겁게

오후 2시에 눈을 뜬다. 하얀 이불을 대충 정리하고 몸을 씻는다. 테이블에는 전날 마시다 남은 포도주가 덩그러니 놓여 있다. 남아 있는 포도주를 한 번에 들이키며 늦은 아침을 시작한다. 유명한 얘기지만 영국의 음식은 맛이 좋지 않다. 전날 먹은 영국식 고기 요리와 버섯 요리의 향이 아직도 코끝에 맴도는 듯했다. 따라서 나는 레스토랑에서 밥을 거의 먹지 않게 되었다. 숙소 바로 옆에 있는 자그마한 마트가 나의 식당이 되었고 신선 코너에서 판매하는 크림 샐러드와 닭가슴살 샌드위치가 주식이 되었다. 오늘처럼 조식을 먹지 못한 날에는 샐러드 두 팩과 샌드위치 두 개로 하루를 보낸다. 포도주와 함께하면 꽤 나쁘지 않은 식사가 된다.

나에게 런던을 소개해 주기로 한 P는 예고 동창이다. 예고 시절 한 반에 여학생 40, 남학생 4라는 극단적인 성비에 적응이 어려웠던 필자는 P의 도움으로 여학생과 잘 어울릴 수 있었다. 내게 항상 말을 잘 걸어주고 급식을 같이 먹자고 하는 등 시시콜콜한 말을 자주도 던졌다. 이 친구가 어느덧 커서 런던에서의 유학 생활을 마무리하는 시점에 내가 이곳에 도착한 것이다. P는 "나만 믿어. 최고로 책 읽기 좋고 글쓰기 좋은 장소로만 너를 데려갈게."라는 말을 내가 이륙하기 직전까지 입에 달고 다녔다. 그런데 오늘 사건이 발생했다. 여느 때처럼 샌드위치를 먹고 있던 점심에 전화가 한 통 걸려왔다.

"나 사흘 동안 독일 좀 다녀올게."

런던에 도착한 후 밀린 칼럼을 처리하랴 아직 한 번을 제대로 즐기지 못했는데 그녀가 친구를 만나러 독일을 다녀오겠다고 했다. 원래 오늘의 계획은 P와 타워 브리지 앞에서 만나 햄버거와 맥주를 먹고서 런던 아이(London Eye)를 둘러본 후, 그녀가 자주 가는 공원에 앉아 책을 읽기로 한 날이었다.

단번에 계획이 날아갔다. 그녀가 자신이 갑작스레 독일을 다녀올 수밖에 없는 이유를 설명해줬지만 하나도 들리지 않았다. 그저 날 버리고 놀러 간다는 배신감뿐이었다. 어쨌든 P는 독일로 향했다.

여담으로 난 관람명소를 둘러보고 맛있는 음식을 찾아 걸어 다니는 여행 방식을 선호하지 않는다. 체질 자체가 유럽 배낭여행과는 거리가 멀다. 본디 나는 평화로운 바닷가 앞에 파라솔과 돗자리를 펼쳐 두고 시원한 칵테일을 마시며 한가롭게 책을 읽는 전형적인 한량 휴가를 선호한다. 그렇지만 또 다른 세상을 보기 위해 런던에 왔고 난 바보같이 P만 믿고 있었던 멍청이가 됐다.

물론 그녀가 없다고 해서 일정을 취소해야 하는 것은 아니다. 햄버거야 혼자 먹으면 되는 이야기고 런던 아이 정도야 굳이 직접 탑승하지 않더라도 밖에서 구경하면 되겠지만, 난 이것들을 홀로 경험하기 위해 이곳에 온 사람이 아니기에 홀로 느끼는 런던 시내 탐험기는 내게 적을 필요가 없는 경험이었다.

일단은 호텔 앞으로 나섰다. 건물 뒤를 돌아보니 요트가 잔뜩 있는 선착장이 보인다. 주저하지 않고 영화 〈미드나잇 선〉의 주제가인 〈Sweetest Feeling〉을 틀었다. 지는 노을 속에서 요트를 청소하는 진귀한 장면을 한참이나 구경하다 그 뒤편에서 붉게 타오르는 장작불을 발견했다. 해가 질수록 더 밝게 타오르는 불을 향해 찾아가 보니 야외 테라스를 개방한 자그마한 개인 카페가 있었다. 주인에게 내 자리에도 불을 피워줄 수 있느냐 물어보니 추가금 3만 원을 결제해야 한다며 답했다. 원래 P와 먹기로 한 햄버거 값 대신, 이 장작불에 투자할 수 있다는 사실에 P의 런던 부재 소식이 갑작스레 달갑게 느껴졌다. 곧바로 내 자리에 불을 피워달라 요청했고 4시간이 넘도록 흑맥주와 함께 글을 쓰고 있다. 어쩌면 이 장소에서 글을 쓰기 위해 온 사람처럼 이 자리와 장작불이 내 것인 것만 같다. 뜨겁게 타는 장작불을 바라보며 한참이나 생각에 잠겼다. '어째서 나에게 행복이란 것은 이리도 어려울까, 나도 누군가처럼 여행으로 행복해질 수 있는 사람이었다면 얼마나 행복할까.' 내게 행복이라는 감정은 이미 너무도 멀리 떠나간 감정이다. 이것을 감정이라고 부르기 어려울 정도로 그 감정을 느껴 본지 오래되어 나에게 이젠 감정의 영역이 아니게 되었다. 행복이 어려운 사람에겐 불행도 어려워야 하건만, 이들에게 불행은 모든 것에 함께하고 또 모든 것의 불행을 찾아내는 재주가 있다. 장작을 두 번이나 더 추가할 때까지 내가 행복할 수 있는 이유를 열심히도 찾았다. 그러다 문득 한 문장이 떠올랐다. "아. 다음 공연에는 불을 써야지."

무용의 '무' 자도 이곳에서는 꺼내지 않으려 했건만 결국엔 콘티를 전부 짜놓고선 호텔로 돌아와 샐러드와 샌드위치를 포도주와 함께 곁들이고 있다.

내가 이렇게 말하면 독자들이 샐러드, 샌드위치, 포도주의 맛을 궁금해할까 싶어 말하자면 솔직히 아주 평범하다. 딱 마트 수준. 그래도 이 글을 읽는 독자 중 한 명쯤은 김지민 조합을 시도해 주었으면 좋겠다. 궁금하지 않다면 뭐 나도 흥이다. 그저 궁금해 해줬으면 하는 투정이다.

행복은 마치 사랑처럼 손에 쥐려 하면 할수록 나를 떠나간다. 모래사장이 펼쳐진 해변의 모래를 손에 쥐면 내 손을 비웃기라도 하듯이 손가락 사이로 흐른다. 다 흐르고서 손에 남은 모래알을 씻어내지 않으면 작은 알갱이들은 내 살갗을 건들며 상처를 낸다. 담아내지 못한 행복은, 내 것으로 만들어내지 못한 행복은 남겨진 나를 비웃듯이 상처를 남긴다. 그렇다고 자책할 필요는 없다. 쥐지 못한 우리의 손이 문제가 아니라 모래를 담아낼 잔이 우리 손에 없었던 것뿐이다. 뭐라도 담아낼 공간을 만들어 무엇이든 담아내고 또 정제하고 거르다 보면 숨어든 행복을 찾아낼 수 있는 내가 나를 반겨줄 거다.

지금 이곳의 런던은 바다이고 호텔 방은 해변이다. 나는 그렇게 담아내려 한다.

고난의 연속이 여행이더라

'집 나가면 개고생.'이란 말을 자주 하는 편이다. 적어도 나에게 있어 이 이론은 정설이 되었다. 이곳에 도착 후 4일 만에 지독한 감기에 걸린 거다. 타지에서 아프면 답이 없다는 말을 뼈저리게 느끼고 있던지라 미리 구비해 두었던 감기약 한 통이 유일한 희망인 셈이다. 설명서에 명시된 바에 따라 식후 두 알씩 먹으면 총 네 끼에 걸쳐 약을 소진하게 된다. 이때부터 나의 감기 탈출 작전이 시작되었다.

전에 말한 대로 이곳의 음식은 도저히 먹을 만한 게 없다. 호텔 로비에 있는 레스토랑은 맛은 괜찮았지만 높은 가격대가 문제가 된다. 나의 텅 빈 통장은 이곳에서 파는 버거와 파스타를 감당하기엔 버거워 보였다. 밥 생각이 조금도 나지 않았던 아침이지만 약을 먹기 위해 뭐라도 먹어야만 했다. 설명서에 나온 건 한 글자도 빼놓지 않고 지키는 편이랄까.

　오늘도 마트로 향했다. 3일 내내 먹은 닭가슴살 샌드위치와 크림 샐러드는 이제 손이 가지 않았다. 신선 코너에 있는 다른 샌드위치는 보기만 해도 토악질이 나오는 형상을 지녔고 스시와 롤은 한눈에 봐도 먹으면 식중독에 걸릴 듯한 신선도를 자랑했다. 결국, 신선 코너를 포기하고 스낵코너를 둘러봤다. 먹음직한 크루아상(croissant)이 눈에 보였다. 오늘은 크루아상 세 개로 버텨야겠다고 마음을 먹은 순간 문제가 생겼다. 이걸 구매할 방법을 알 수가 없다. 설명이 되어 있지도 않았고 바코드 한 개와 봉투만 놓여 있었다. 이리저리 머리를 굴리다 결국 직원에게 도움을 요청했다. 이 직원은 British Accent가 가득한 영어를 신나게 침 튀기며 휘갈겼다. 내가 알아들을 리가 만무했다. 아쉬웠지만 크루아상을 포기하고 결국은 프링글스(감자 칩) 한 통을 집어 들고 숙소로 돌아왔다. 아픈 게 죄고 무지가 죄다. 근래 들어 가장 엄마가 보고 싶었던 순간이었다.

숙소로 돌아와 과자 반 통을 해치운 뒤 감기약 두 알을 복용했다. 약효가 빨리 돌길 바라는 마음에 한 시간 뒤 두 알을 더 복용했다. 다른 건 몰라도 약 설명서는 철두철미하게 지키는 내가, 얼마나 낫길 바랐는지 이 점을 통해 알 수 있다. 약효가 도는지 순간 졸음이 몰려왔다. 제발 나아져 있길 바라는 마음으로 잠을 자고 일어나니 해가 조금씩 지면에 닿아가고 있었다. 오늘의 기행이 감기로 끝나지 않길 바라는 마음에 옷을 단단히 껴입으며 나갈 채비를 마쳤다. 몸은 아침보다는 가벼운 듯했다.

타워 브리지를 지나 길을 걷다가 보니 테이트 모던(Tate Modern) 갤러리 근처의 강가에 도착했다. 종일 짜증을 내던 내가 부끄럽게도 아름다운 풍경에 한순간 넋이 나가버렸다. 강 건너에는 높고 큰 빌딩 숲이 화려한 불빛을 뿜어댔고 내가 있는 곳에선 기타를 두른 거리의 악사들이 적당한 간격을 두고 노래를 부르고 있었다. 계획하지 않은 낭만은 그제야 낭만으로 완성되며 우리의 정서에 올곧게 도달한다.

나는 강가 중앙에 자리를 잡고서 노래를 부르는 금발의 여성 버스커(busker) 앞에 멈춰 섰다. 가녀린 외형과는 상반되게 중저음의 묵직한 목소리로 노래를 부르는 그녀는 마치 의도하지 않은 나의 낭만을 한층 더 완성해 주는 듯했다. 낭만이라는 단어에 완벽이라는 말은 모순이다. 하지만 나의 예상의 범주를 뛰어넘는 감성을 마주친다면 완벽이라는 말 말고는 떠오르는 단어가 도무지 없다. 완벽한 낭만을 찾고자 한다면 찾을 수 없겠지만 어쩌다 나타나 나를 채워주는 낭만은 마침내 완벽한 낭만이라 말할 수 있지 않을까.

한참이나 노래를 듣다가 드디어 내가 아는 곡이 나왔다. 밥 딜런의 〈Knockin' On Heaven's Door〉를 부르기 시작한 그녀는 천국의 문을 두드리며 세상과 작별을 고하는 듯 보였다. 나의 말을 대변하는 곡처럼 느껴졌다. 내가 이곳에 온 이유는 내 글에 가치를 더하기 위해서, 활자를 소중히 대하기 위해 이곳에 도달한 거지만 그것은 결국 내가 살아갈 이유를 찾기 위해서다. 삶을 살아야 할 이유가 죽음의 이유보다 더 많아진다면 그 어려운 행복과 조금은 더 가까운 삶을 살 수 있다는 믿음에 이곳을 택했다. 이 강가에서 울려 퍼진 그녀의 노랫말은 그곳에 있는 모두에게 살아야 할 많은 이유 중, 하나의 이유를 더할 수 있는 노랫말이 되어주지 않았을까 조심스레 말해본다. 그녀의 노래가 끝이 난 후 내 수중에 있던 현금 모두를 그녀의 기타 가방에 넣어 두었다. 한화로 5만 원 정도 되는 거금이었지만 내가 느낀 감상에 비하면 저렴한 금액이었다. 그녀도 생각지 못한 거금에 적잖이 놀란 듯 보였다. 그녀는 내게 좋은 저녁을 보내라고 말했지만 아쉽게도 좋은 저녁이 되지는 않을 것 같다. 저녁 메뉴에 대한 고민이 다시 시작됐다. '젠장. P야, 돌아오렴.'

어지간하면 호텔 로비에 있는 레스토랑에서는 밥을 먹지 않으려 했다. 비싼 가격도 가격이지만 이상하게 호텔식은 끌리지 않았다. 개뿔도 없으면서 흔한 건 또 기가 막히게 싫어하는 싱거운 놈이다.

그런 와중 핸드폰에 한 통의 메시지가 도착했다. 은행에서 발송한 월급 입금 문자였다. 감기가 싹 가시는 듯한 기분이 온몸을 적셨다. 농담 한 숟갈 더해 강가에 뛰어들고 싶었다. 그 마음에 들지 않았던 호텔 레스토랑에 가서 저녁을 먹겠다고 생각했다. 역시 인간은, 아니, 나는 모순적이다. 레스토랑에 도착해 수제 버거를 주문했다. 탄산수를 마시겠냐는 서버의 물음에 "No. Just tap water, please."라고 답하며 돈을 아꼈다. 생각보다 나쁘지 않은 버거였지만 롯데리아 버거를 떠올리는 나는 역시 모순적이다. 빠르게 식사를 마치고 숙소로 돌아와 알약 두 알을 삼켰다. 벌써 알약이 두 알밖에 남지 않아 가슴을 졸였다. 나의 기행이 몸살로 끝나길 않기를 바란다.

아니. 어쩌면 여행은 고난을 동반하는 게 당연하다. 다만 나의 방랑의 끝에는 고난 뒤 행복이란 말이 어울리는 여행이 되기를 바랄 뿐이다.

외롭고 고독하다.
처량하고 아프다.

외롭기에 고독을 알고, 처량하기에 아픔을 알 수 있다.

세상은 항상 마지막 순간에 희망을 건넨다.
그 희망은 따뜻하지만 늘 잔혹하게만 느껴진다.

항해를 꿈꾸며

영국에 도착 후, 나는 소설을 쓰며 시간을 보내고 있었다. 숙소 근처의 장작불이 있는 카페는 어느덧 나의 공간으로 자리 잡은 듯 보였고 자주 왕래하며 글을 적었다. 하지만 언제나 그랬듯 공간이 주는 힘은 날이 가며 점차 약해졌다. 이 책이 마지막을 향해 나아갈수록 다음 책에 대한 고민이 깊어져 갔지만, 그간의 난 매력적인 소설을 쓸 자신이 없었다. 허구를 다루는 소설이라도 결국 소설 속 주인공과 이야기는 작가의 상상을 통해 발현된다. 소설은 말대로 사실이 아닌 허구를 뜻하지만 아주 허구는 아니다. 상상이란 것은 결국, 우리가 보고 듣고 느꼈던 경험을 통해 사실과 허구, 상상과 환상을 결합하여 만들어지는 것이다. 내가 바라보는 소설이란 장르는 그저 현실이 아닐 뿐, 작가의 머리와 가슴에 있는 경험을 허구와 적절히 조합해 말하는 것과 같다. 그렇다면 매력적인 경험이 없는 작가가 매력적인 상상을 하는 것은 실로 어렵다는 얘기다.

여기서 경험이란, 몸으로 직접 느낀 것뿐만 아니라 보고 듣고 배웠던 모든 것을 말하고 있다.

매력적인 상상을 하기 위해선 책을 읽고, 영화와 음악을 즐기고, 주변을 둘러보며 몸과 마음의 경험을 환상과 결합할 줄 알아야 한다는 말을 하고 싶다.

좋은 소설, 흥미로운 이야기를 만들어 낼 준비가 그간의 내겐 없었다. 하지만 갑작스레 마음이 바뀌었다. 매력적인 사람으로서 매력적인 경험을 할 수 있는 때가 온다면 소설을 쓰겠다고 하였지만, 글은 매력적인 장소가, 매력적인 풍경이, 매력적인 음악이 만들어 주기도 한다. 내 소설의 시작이 이곳이 아니라면 그 어디에서도 시작할 수 없다고 되뇌었다. 이제 막 이야기의 틀을 잡아나가는 단계지만 후에 이야기의 흐름이 막혀 종이를 다 태우고 싶을 때면, 지금 내 앞에 타오르고 있는 이 장작불을 떠올리게 되겠다. 소설에 대한 말은 여기까지만 풀자.

아침이 밝았다. 푸른 숲이 좋겠다. 넓은 잔디밭에 띄엄띄엄 놓여 있는 나무들이 즐비한 그런 숲이 좋겠다. 갈 만한 숲을 찾아보니 차로 40분 거리에 하이드 파크(Hyde Park)가 있었다. 검색을 해보니 넓은 들판에 나무들이 가득 차 있는, 생명의 숨이 느껴지는 곳이었다. 청바지 위에 셔츠와 가죽 재킷을 걸치고 선글라스를 얹었다. 인천공항의 면세점에서 구매한 선글라스는 뽐내기에 군더더기가 없었고 홀로 돌아다니는 동양인에게 그럴듯한 구색을 갖추게 해주는 친절한 액세서리였다. 타지에서는 그럴듯한 구색을 스스로 부여하는 편이 아무래도 좋다. 조금은 덜 외롭게, 조금은 더 멋지게, 조금은 더 충만하게.

우버에서 내린 뒤 치즈피자 두 조각과 콜라 한 캔을 포장했다. 최적의 장소를 찾기 위해 공원을 둘러보다 조금씩 등에 땀이 흐르기 시작할 때 마침 알맞은 곳을 발견했다.

1. 나무가 햇빛을 가려 그늘을 만들어 주는가?

2. 반경 50m 내에 사람이 없는가?

3. 시선 반경에 숲과 나무가 있는가?

4. 위의 조건이 충족됐다면, 온전히 즐길 수 있는가?

내가 생각하는 매력적인 초록색에는 이렇게 네 개의 조건이 붙는다. 하지만 조금 먼 곳에서는 강아지와 함께 뛰어노는 아이들이 보이는 것도 좋다. 초록색과 잘 어울리는 풍경이 되어 눈과 귀를 씻어준다. 흘러내리는 치즈를 게걸스럽게 늘려 먹고 콜라를 목구멍에 쏟았다. 무언가를 하려고 온 것은 아니지만 무언가를 해야만 할 것 같았다. 가방에는 책, 종이, 노트북 아무것도 없었지만 나는 뭐라도 해야 할 것만 같은 기분을 느꼈다. 4번을 지키지 못한 나는 동화 같은 풍경 안에서 담배를 꺼내 입에 물기 시작했다. 그녀는 내가 담배를 태우는 것을 싫어했다. 가끔 내 몸에서 담배 냄새가 날 때면 심술이 난 얼굴로 손을 씻고 오라고 말한 그녀의 표정이 짙게도 생각난다. 이 풍경 속에서 담배를 물고 있자니 연기가 한 대 모여 그녀의 얼굴을 띠는 듯했다. 지금 그녀가 옆에 있다면 내게 무슨 말을 했을까. '그동안 힘들었지? 보고 싶었어?' 아니다. 당장 담배를 끊으라고 소리치고 화내며 잔소리하는 그녀가 옆에만 있다면, 그럴 수만 있다면 이 기행의 이야기는 날 감싸 안았던 나무 그늘처럼 시원하고 편안한 이야기가 될 수 있지 않았을까.

지금은 새벽 4시 52분을 지나고 있다. 숙소 앞에 있는 강가에서 맥주를 마시고 있던 사람과 이야기를 나누고 돌아왔다. 어떤 일을 하냐 물어보니 그는 자신을 직장인이라며 소개했다. 회사의 워크숍으로 이 호텔에서 잠시 머무르게 되었다고 말했고 난 곧바로 내게 다가올 답하기 어려운 질문을 예상할 수 있었다. 이곳에 왜 왔냐는 그의 질문에 나는 여행차 왔다고 말했다. 중력이 강해진 듯 처져가는 입꼬리를 억지로 멈춰 세우며 그의 두 번째 질문엔 컨템포러리(contemporary) 댄서라고 대답하는 내 입을 볼 수 있었다. 언제가 시작인지 알 수 없을 정도로 오래전부터 잡혀 온 정체성은 벗어나려 해도 쉽게 벗어지지 않는다. 그 점을 모르지 않지만 난 댄서인 나를 항상 숨기려 한다. 내가 댄서가 아닌 척 연기한다면 불행과 다른 결의 삶처럼 보일 거라는 막연한 희망이 있다.

　많은 사람은 무보수 연기자의 삶을 산다. 좋은 삶처럼, 괜찮은 사람처럼, 행복한 인간처럼 보이길 원한다. 인생이라는 바다 안에서 자신의 배를 타고 그를 향해 항해하는 게 아니라 자신의 바다를 거짓으로 채우며 연기라는 배를 탄다면 그는 보수가 없는, 직업이 아닌 연기자의 삶을 사는 것이다. 나는 종종 무보수 연기자의 삶을 살고 있다는 기분을 느낄 때가 있다. 그런 기분이 들 때면 난 언제나처럼 글을 쓴다. 이것이 나를 나아지게 하지 않다는 것을 너무나 잘 안다. 그러나 이마저 하지 않는다면 무보수 연기자조차 되지 못한다는 것을 깨닫고선 다시 글을 쓰고 춤을 춘다. 삶은 급류에 휩쓸리고 바람에 날아가며 때론 돌에 부딪혀도 물결을 타고 흐르고 있다는 그 사실을 바라보아야 한다. 흐름이라는 것은 언제나 내 것이다. 내가 삶이라는 거대한 파도에 휩쓸려 떠내려가도 그 흐름은 절대적인 나의 흐름이다. 그러니 방향의 키를 잡지 못해 엉성해도, 유연하지 못해도 나의 흐름에는 언제나 온전한 내가 있다는 것에 시야를 두자. 무보수 연기자가 아닌 무보수 항해사가 되어보자.

나의 바다에는 바닷물이 썰물처럼 빠져나가는 듯하다. 아마도, 아마도 아주 큰 쓰나미가 몰려올 것 같다. 바다에 빠져 허둥대도 내가 흐르는 이곳이 나의 흐름이다. 언젠가 유연한 몸짓을 익혀 큰 쓰나미에도 우리의 항해를 해나갈 수 있는 베테랑 항해사를 꿈꾸며.

삶이란 바다에 배를 띄우기 위해서는 항구에 도착해야 하며
항구에 도착하기 위해서는 일단 가야만 한다.
파도가 당신을 막아서도 일단은 헤엄쳐야만 한다.

짧은 도피의 끝에서

이 글은 영국에서 돌아온 뒤 작업실에서 적는 글이다.

원고 속 활자에 깊이와 무게를 더하기 위해 떠났던 영국행에서는 다음 책을 위한 소설을 채워 돌아오게 되었다. 역시 사람 사는 일은 대개 계획대로 흐르지 않는다. 작가 본인의 의지 문제라고 욕하고 싶겠지만 내 흐름이 이렇다는데 뭐 어쩌겠나. 나의 영국 기행은 마치 우천 시 진입 불가 표지판과 비슷했다. 한 방울씩 흐르는 구슬 비는 물가에 자그마한 파동을 입혀 입체감을 더하지만 쏟아지는 우천 시에는 강가의 물이 범람해 진입할 수 없다. 이 기행이 그렇게 느껴졌다.

도망치듯 떠났지만 날 쫓아오는 비는 나의 밖에 있지 않았고 내면에 있었다. 날 괴롭히는 범인이 자신인데 어찌 도망이 가당키나 한가. 진입 불가 표지판은 내 목에 걸려 있고 우천은 지속되었다.

나의 도망은 현실로부터의 도망이 아닌 도망의 합당한 이유를 만들어 목에 걸린 표지판의 글자를 지우고 새 글자를 새겨 넣고자 하는 몸부림이었을까.

수많은 국가 중 영국을 택하고 런던으로 향하게 된 것에는 딱히 이유가 없다. 안국역 앞을 지나다가 '런던 베이글 뮤지엄'을 우연히 보았다. 그래서 런던으로 결정했다. 정말 힘 빠지는 이유다. 내가 향하는 나라에 이유를 정하면 이유에 부응하기 위해 기대할 테고 난 그 기대를 채울 수 없을 거란 걸 잘 알고 있었다. 그렇게 시작되었다. 우울 가득하고 먹구름 같은 어수선하기 짝이 없는 기행을.

몇 편 없는 나의 영국 기행을 읽어보니 아주 조금은 따사로운 햇살을 찾을 수 있었다.

떠날 수 있는 시간이 내게 있었다는 것.

잠을 잘 숙소가 있었다는 것.

먹을 음식이 있었다는 것.

공간에 온기를 더해줄 술이 있었다는 것.

외로울 때 들을 음악이 있다는 것.

음악을 들으며 글을 쓸 수 있다는 것.

그 글을 당신들에게 보여줄 수 있다는 것.

이렇게 적고 보니 생각보다는 꽤 따스한 햇살이다.

'것'밖에 없었지만 '것'만 있어도 충분했다. 살면서 가장 큰
외로움을 느꼈고 고독을 맛봤기에 진짜 아픔에 대해 알 수
있었다. 우리는 어쩌면 가짜 아픔에 애를 써가며 허덕이는
삶을 지내고 있을 수도 있다. 지금 내가 정말 외로운가. 정말
공허한가. 감정에 심취하지는 않았는가. 내 마음이 요동치는
이유가 타인으로부터 파생되지는 않았는가. 사랑을 받지 못
해서인가. 그렇다면 본인은 자신을 사랑하긴 하는가.

그래도 정답을 모르겠다면 난 떠나보라고 말해주고 싶다.

친구와 함께, 가족과 함께, 연인과 떠나지 말고 홀로 떠나봐라. 온전한 혼자가 되어야 한다. SNS에 나의 모습을 비춰 사랑을 갈구하지 말고 친구에게 전화를 걸지도 말고서 온전한 혼자가 되어 외딴 세상에서 잠시라도 혼자 살아보자. 외로움과 고독을 이기는 방법은 어디에도 없다. 그저 진짜 혼자가 되어서 그 속에 숨어든 '것'들을 마주하고 느끼다 보면 그 외로움은 당신이 추억할 추억이 되어 감정으로 자리 잡을 것이다. 그리고 무뎌질 거다.

 답을 찾으러 떠난 여행이 아니지만 나 자신을 알 수 있었다. 텅 빈 호텔 방에서 글을 쓰는 내 모습이 유리창에 비출 때면 난 키보드에서 손을 떼고 머리를 정리했다. 감정에 휩싸여서 머리를 헝클이지 않고 정갈한 모습을 유지하려 했다. 한결 나아 보였다. 텅 빈 방에서 글을 적다가 마음에 들지 않을 때면 입고 있던 반바지를 벗고 청바지와 셔츠를 꺼내 입었다. 한결 괜찮아 보였다. 글 역시 한결 정갈해졌다. 심정을 토해내듯 글을 적고 있을 때면 잠시 멈추고 처음부터 다시 읽었다. 지워낼 수 있었다. 미친 듯이 우울했던 한국이, 서울이 괜찮아 보였다. 그리웠다. 내게 '너는 왜 아프냐'고 묻는 사람들에게 이제는 화가 나지 않았다. 난 나를 배웠고 가짜 감정을 알았다. 이 기행은 그런 글이다. 처량하지만 낭만이 있고 먹구름이 가득 끼었지만 구름 사이로 조금씩 해가 비치며, 지저분하지만 내 마음을 그대로 담았고 쓸데없지만 내 진심인 글. 그런 글이다. 끝까지 지저분한 게 아주 딱 마음에 든다.

PS. P와는 귀국행 비행기를 타기 이틀 전 만나 런던의 한 바에서 맥주를 쓸어 마셨다. 그녀는 내게 온갖 욕을 다 들었다.

우연히 얻은 작업실

밖에는 비가 내리고 있다. 창문을 타고 흐른 빗물이 시멘트를 뚫고 한 방울씩 내 옆자리에 떨어진다.

일주일 전, 영국에서 돌아와 짐을 아직 다 풀지 못했을 시점에 뜻밖의 문자가 왔다. 평소 알고 지내던 작가님이 한 달간 유럽으로 여정을 떠난다는 문자였다. 한 달간 작업실을 비우게 되어 마침 원고의 종착을 앞둔 내게 작업실을 쓰라는 연락을 준 거다. 작업실의 한 달 월세가 내 통장에게 괜찮냐고 말을 걸어왔다. 하지만 고작 월세 따위가 방해할 수는 없다. 여긴 카페도 공원도 아닌, 무려 작업실이다.

앞서 말한 작가님과는 형 동생 사이다. 동문인 예술고등학교를 졸업한 분이며 형이 쓴 책과 글을 읽을 때면 간이 강하진 않지만 깊은 맛의 문장을 맛보는 기분이 든다. 책의 끝 무렵을 달리는 시점에 오직 작업을 위한 공간인 이 작업실에서 내 책의 마침표를 찍을 수 있다면, 더할 나위 없는 온점을 찍을 수 있을 거 같았고 왠지 나도 맛있고 깊은 향기를 담을 수 있을 것만 같았다.

공간이 미치는 힘은 생각보다 더 큰 힘으로 변환되어 혹자에게 다가온다. 내게도 허용되는 말이다. 쓰는 행위에 몰입해 열중하는 날도 더러 있지만 게으름에 빠져 세 시간 동안 세 문장도 쓰지 않은 날이 더 많다. 내 집중력이 어느 정도냐면 한번은 공원에 앉아 노트북을 펼치고선 저 멀리서 캐치볼을 하는 부자에게 시선을 뺏겨 한참을 구경했다. 그러다 뇌의 생각 회로가 야구라는 스포츠로 경로를 바꿔 세 시간 동안 야구 중계를 시청하고 집에 돌아간 날도 있다. 그런데 이 공간은 작업실이라는 명칭을 달고 있다. 공간이 지닌 성질은 좋은 말로는 동기를, 나쁜 말로는 부담을 준다. 글을 쓰지 않거나 책을 읽지 않고 소파에 앉아 코미디 채널을 보고 있으면 작업실 내부에 전시되어 있는 그림들이 날 쳐다보는 기운을 느낄 수 있다. '멍청한 놈. 네가 그렇지 뭐.'라는 서브 텍스트가 내 옆구리를 마구 찌른다. 아픈 옆구리를 감싸며 곧바로 매무새와 마음을 정리하고 단잠을 자는 컴퓨터를 깨우며 의자에 앉는다.

작업실에는 다른 형 한 분이 더 계시는데 알고 보니 이 형도 나와 동문인 예고를 졸업하신 분이었다. 미술을 하시는 분으로 여기 전시된 수많은 작품은 모두 이 형의 그림이다. 흰색 벽을 배경으로 흰색 책상과 검은 소파, 그리고 많은 작품이 놓인 이곳이 마음에 쏙 들지만 내 마음을 사로잡은 것은 그림도 레코드판도 넓은 유리창도 아닌, 바로 건물 옥상이다.

바로 위층에 있는 옥상 문을 열면 먼저 뜨거운 햇살이 눈을 찌른다. 잠시 후 시원한 구름이 햇빛을 거두며 지하철 노선처럼 엉키고 꼬인 전선이 보이기 시작한다. 진풍경은 해가

지고 하늘이 노을로 가득 찰 때다. 옥상에서 보이는 숲과 나무들 사이로 노을빛이 비치면 난 담배를 꺼내 태운다. 순식간에 어두워지는 하늘은 떨어지는 담뱃재를 닮았다. 작업실에서 머문 이후로 매일 노을이 질 때마다 옥상에 올라와 전선과 나무를 보며 재를 떨구는 게 습관이 되었다.

글을 쓰며 가장 많이 하게 되는 작업은 내가 쓴 글을 다시 읽어보는 작업이다. 과거의 내가 쓴 글을 다시 읽어 볼 때 내 마음에 든 적은 단연컨대 단 한 번도 없다. 찢어진 근육도 상처를 매복하며 형태가 변하듯이 요동치는 내 머리는 하루가 다르게 바뀐다. 어느 날은 바보가 되고 어느 날은 배우가 되며 또 어느 날은 호기심 가득한 탐험가의 머리로 변한다. 이런 날의 내 뇌가 글을 모조리 지우는 대참사를 저지르려 할 때면 과거의 나를 인정하는 용기를 얻기 위해 다시 옥상으로 향한다. 밤이 내려앉은 옥상은, 반짝이는 서울의 밤 속 내가 주인공이 된 것 같은 기운을 가져다준다. 과거를 사랑하는 용기를 얻고선 작업실로 돌아와 다음 페이지의 서문을 열며 새벽을 채운다.

청춘이란 마음의 젊음이다.
신념과 희망에 넘치고 용기에 넘쳐 나날을 새롭게 활동하는 한,
청춘은 영원히 그대의 것이리다.

-사무엘 울만-

낭만이라는 것은

이곳에서 눈을 뜨고 빵과 우유로 아침을 해결한다. 학원 수업을 마친 뒤 다시 이곳으로 퇴근한다. 작업실에서 숙식을 해결하며 문득 이런 생각이 들었다.

낭만이란 것은 기어코 불편을 찾아내는 어리석음으로부터 시작된다는 것을.

일단 이곳에는 침대가 없다. 당연한 말이다. 작업실이라는 이름에 걸맞게 작업을 위한 책상, 책장, 소파, 의자, 조명과 스피커가 공간을 채울 뿐이지 수면, 샤워, 요리를 효율적으로 할 수 있는 요건은 마련되어 있지 않다. 발을 다 뻗을 수 없는 짧은 소파에서 굴러떨어질 뻔한 위기를 몇 차례 견디고 일어나면 곧바로 손과 발에 난 쥐를 견뎌야 한다. 온수가 나오지 않는 세면대에서 허리를 접어가며 머리를 감고 선풍기 바람으로 머리를 말린다. 이때 하의는 주로 청바지다. 샤워는 이틀에 한 번 집에 들어가 속성으로 끝내고 대용량 커피와 빵을 몇 개 챙기고선 다시 작업실로 향한다.

나는 이런 불편에 스스로 뛰어들어 그 속에 숨어든 낭만을 기어코 찾아내고야 만다. 작업실과의 숨 막히는 신경전이다. 불편한 소파에서 일어나 저런 손과 발을 주무를 때, 독자들에게 내 바보 같은 짓을 들려줄 수 있다는 사실에 상쾌한 아침을 누리고 두피가 찢어질 것 같은 냉수에 머리를 감으며 이따위 것에 무너지지 않는다고 말하며 승리를 자축한다. '애매하다'라는 말과 '낭만'은 반대의 속성을 띤다. 애매함 속에서 낭만은 기어코 어둠으로 숨어들어 모습을 감추고야 만다. 눈으로 볼 수 없는 낭만이라는 무형의 분위기는 극단적으로 효율을 줄이고 감상과 감정에 시간을 소비하여 애매하지 않은 나만의 분위기를 찾아낼 때, 실존하지 않은 낭만이 마치 실제인 듯 향기를 풍기는 것이라는 말을 전한다.

대개 낭만을 지향하곤 하지만 효율을 전제로 사건과 사물을 바라보기에 기어코 숨어든 낭만의 그림자를 좇기만 하지 않는가. 낭만을 무조건으로 지향할 필요는 없다. 하지만 현실에 매여 명도만 존재하는 무채색의 형상을 띠는 삶을 살고 있다면, 효율에서 벗어나 감상에 소비하고 불편을 자처해 낭만을 찾아보라는 간곡한 부탁을 청한다. 삶의 무게는 같을지라도 온기와 채도가 더해져 당신의 등에 손을 얹어줄 거다.

작업실 데스크에 앉아 일본 가수 '아이묭'의 전곡 플레이리스트를 틀어두고 커피를 한 잔 따른다. 알아듣지도 못하는 일본어 곡은 내게 멜로디와 온도만을 전달하며 단어와 문장에 내 글이 흔들리지 않게 도와준다. 귀로는 멜로디를 눈으로는 글을 바라보다 두 감각이 하나의 회로로 합선되는 순간 무형이었던 감상이 하나의 실체로 나타나 당신에게 들려줄 만한 이야기를 적는 내 손을 확인할 수 있다.

일례로 나는 시를 쓰는 날에는 노트북을 들고 나서지 않는다. 황지로 이루어진 수첩과 칼로 깎은 연필을 주머니에 넣는다. 손목에는 아날로그 시계를 얹고선 한적한 공원으로 향해 벤치에 자리를 잡는다. 시를 쓰는 감상과 현대식 집필 수단은 정반대의 결을 띠어 읽는 이와 쓰는 이의 괴리를 감추지 못한다. 작은 소비로부터 시작된 내 비효율은 커다란 감상이 되어 읽는 이에게 낭만의 한 실체를 전달할 수 있는 것. 그게 낭만이고 내가 하는 낭만이며, 하지 않을 이유가 없는 낭만이다.

이 책을 적기 시작할 때는 사실 원고가 세상 밖으로 나올 거라는 기대를 품지 않았습니다. 그저 적다 보면, 계속해서 쓰다 보면 언젠가는 한 권의 책이 될 거라는 환상만을 품고서 떠난 여정이었습니다. 그렇게 시작한 항해가 어느덧 항구에 닿을 만큼 시간이 흘렀고, 이 글을 적고 있다는 뜻은 수차례 몰아치던 폭풍우 속에서 항해를 멈추지 않았다는 뜻이겠지요. 막연한 환상이 가득했던 항해가 이제는 육지에 다다른 것 같습니다. 비록 그 육지는 아직 메마른 땅이지만요.

처음으로 원고를 채웠던 집 근처의 작은 원목 책상, 사랑을 담았던 수많은 카페, 고독을 담았던 런던의 호텔, 그리고 마지막 낭만을 채웠던 작업실. 수많은 곳을 거치며 글을 써 오던 제가 이렇게 멋들어지는 작업실 안에 앉아 마지막을 적고 있으니 감개무량하기도, 나름 민망하기도 합니다.

처음엔 세상이 너무나 미웠습니다. 혐오로 가득 차 있는 이의 시선에서 세상은 너무도 밝았습니다. 저를 제외한 모든 이의 입가엔 행복이 묻어 있는 것처럼 보였고 그들은 슬픔을 모르는 듯했었죠. 전에 말했듯이 행복을 모르는 이들에겐 불행도 어려워야 하건만 제게는 모든 사물과 사건에 숨어 있는 불행을 모조리 찾아내는 재주가 있습니다. 누구보다 찬란한 청춘을 살아가고 싶은 젊은이지만 세상은 제게 푸른 하늘을 볼 기회조차 주지 않았습니다. 다만, 일종의 오기가 가득했습니다. 고작 나 따위가 적는 글이 세상에 영향을 끼치진 않겠지만 나의 언어로 인해 아주 작은 씨앗이 공기 중으로 퍼져 나간다면, 먼 훗날에는 이 세상이 조금은 더 따뜻해질 것이라는 믿음이 있었습니다.

우울이라는 단어가 가득한 세상에서 살아가며 자신을 드

러내려는 청춘에게, 빛조차 들지 않는 바닷속을 헤엄치는 청춘에게 저의 글이 한 자만이라도 닿길 바랍니다. 만약 우연히라도 이 글이 당신에게 닿는다면 그것은 필연이었다고 생각할 것입니다. 이 짧은 청춘 속에서 그렇게 생각하지 않을 이유가 없습니다.

청춘을 위한 글을 써왔고 저 역시 청춘의 일원으로 살아가고 있지만, 아직 청춘이란 단어의 진정한 의미는 찾지 못했습니다. 이 책 속 문장들은 독자에게 바치는 글임과 동시에 제게 보내는 편지입니다. 제가 꿈꿔왔고 바라왔던 청춘의 장면들을 떠올리고 상상하며 그러한 청춘이 되길 바라는 오기 가득한 한 작자의 외침이었습니다. 그렇게 적어내고 또 살아가다 보면 언젠가 청춘이 무엇인지 알게 되는 날이 오지 않을까요? 혹여나 알지 못해도 눈부신 장면들이 진주알의 형태로 우리의 바닷속에 가득하지 않을까요.

붉은 공을 향해 머나먼 수평선을 타고 시작한 제 항해는 작은 항구에 도달했습니다. 하지만 이곳은 제가 머무를 마을

이 아닙니다. 체력과 지혜를 기르고 충분한 양분을 채운 뒤, 타성에 젖지 않기 위해 또 한 번 대양에 몸을 던지려 합니다. 언젠가 그 항해가 끝이 나는 날, 다시 낭만을 뱉어내며 돌아 오겠습니다.

당신의 바닷속은 평온한 날이 더욱 많길 바라며.
당신의 항해 끝에는 따스한 양지가 기다리고 있길 바라며.

김지민 지음.